ベリーズ文庫

秘密の出産が発覚したら、クールな御曹司に赤ちゃんごと溺愛されています

藍川せりか

JN178126

STARTS
スターツ出版株式会社

目次

秘密の出産が発覚したら、クールな御曹司に赤ちゃんごと溺愛されています

秘密の出産が発覚したら、クールな
御曹司に赤ちゃんごと溺愛されています

再会

初恋は、まるでパンケーキのようだった。

ふわふわで温かくて、メープルシロップのように甘くて、上に載っているバターみたいに、とろとろに溶けちゃうくらい彼のことが好きで。

私、こんなに幸せでいいの？って聞きたくなる。大好きな人と一緒にいられることが嬉《うれ》しくて……。

何をしていても、どこにいても、彼に夢中。世界はふたりのために回っているんじゃないかと思うほど、毎日が愛とハッピーで溢《あふ》れていた。

あんなに舞い上がっていたのは、私が若かったから？

でも……あの恋は、私の人生を大きく変える大恋愛だった。

今でも深く胸に刻まれていて、忘れられない。

だから私は、彼にもらったものを大切に守っていくんだ。

ひとりで、大事に——。

松岡《まつおか》友里《ゆり》、二十五歳。私の朝は早い。

ピピピ、と鳴り始めた目覚ましをストップさせて、スマホの時計を見て現在時刻を確認する。

五時半か。もう起きなくちゃ……。

目を閉じてすぐに眠ったのに、次の瞬間には朝だ。まだまだ寝ていたいけれど、そうはいかない。

重いまぶたをなかなか開けず、あと少しだけ……と寝返りを打った瞬間、体が何かに当たる。何だろうと目を覚ますと、目の前に小さな足の裏が見えた。

「ううん……ママ……」

樹里《じゅり》か。どうやら寝ている間に反転してしまったらしい。このままの体勢で寝かせていいものか悩んだ末、もとの位置に戻してあげることにした。

温かくて小さな体を抱いて、ゆっくりと枕の上に頭を載せる。その間も目を覚ますことなく、樹里はすやすやと寝息をたて続けている。

「可愛《かわい》い」

ぷにぷにのほっぺたと、閉じられたまぶた。小さな鼻も口も全部が愛らしい。

ようやく髪が伸びてきて、くくれるようになったと喜んでいた柔らかな黒髪。その全てが愛《いと》おしくて、いつまでも見ていられる。

樹里は四歳になる、私の娘。

彼女の父親はいない。

……いないことはないのだけど、いろいろあって相手には妊娠を知らせず、私ひとりで産んで育てている。

「よし、準備しよう」

樹里の頭を撫《な》でたあと、布団から抜け出し、キッチンへ向かった。

昨夜洗っておいた食器の片付けをして、今日のお弁当を作りつつ、朝食も準備する。

あれこれ同時に作業しながら、ふと回想に戻る。

樹里を妊娠しているとわかったとき、私はまだ彼と付き合っていた。

彼――というのが、小野寺直樹《おのでらなおき》という、日本有数の大企業である小野寺グループ創設者の玄孫《やしゃご》に当たる人だ。

代々続く小野寺グループは、食品事業、木材などを扱う素材事業、輸送機事業、電力・プラント事業、エネルギー・金属事業など、総合商社として多岐に事業展開をしている。

数えきれないほどのグループ会社を束ねる中心人物が、小野寺直樹の父で、その跡を継ごうとしているのが彼なのだ。

その点、私は普通の……いや、どちらかというと普通以下の貧しい家庭出身。母子家庭で育ち、学生時代は大学進学だってギリギリできないかもしれない生活を送っていた。

毎日の食べるものや、着る服でさえ満足に買えない。決して楽だとは言えない生活だけど、朝から晩まで仕事を頑張っている母を知っていたから、不満に思うことはなかった。

そんな私と、御曹司である彼が付き合うことになった。

釣り合うはずがないってわかっていた。声をかけられたときは、何かの間違いかと思った。それなのに……彼を拒めなかった。

人生で一度くらい、自分の気持ちに素直になってもいいんじゃないかって。

身のほど知らずだと笑われてもいい。傷つくことになってもいいから、彼と一緒にいたい。

そう感じて彼の胸に飛び込んだ。若さゆえの勢いだったのかもしれない。

「ママ……」

背後から呼ばれて、ハッと我に返る。

振り返ると、寝ぼけまなこをこすって私のほうを見る樹里が立っていた。寝癖のついた柔らかな髪が、ぴょこんと跳ねている。

「樹里、おはよう」

私たちの住む家は、築三十年の１ＤＫ。六畳のダイニングキッチンと寝室だけの狭い部屋だ。そのダイニングにある木製のローテーブルの前には、子ども用の椅子が置いてある。

樹里はそろそろとその前に行き、ちょこんと座った。

「……おなか、すいた」

「うん、そうだね。朝ご飯できてるから、歯磨きして」

「はーい」

樹里の好きなキャラクターが描かれた赤い歯ブラシを渡すと、ぱくっと口の中に入れる。そしてシャカシャカと音をたてて歯磨きをし始めた。

娘の樹里は、くりんとした二重《ふたえ》の目に、可愛い鼻。大きすぎない口は、きゅっと締まっている。

自分の子どもだから可愛いと感じるのは当然なんだろうけど、それにしても樹里は整った顔をしていると思う――父親そっくりの。

「テレビ、みてもいい？」

「いいよ」

子ども用の番組を観てくれている間に、朝食をテーブルに並べる。

そして保育園の準備を整え、樹里が今日着る服を出していく。

「ごはんたべる！」

「その前に着替えてくれる？」

「えー」

頬を膨らませてみせる樹里は、まだ着替えたくないとふて腐れる。でもうちのルールとしては、パジャマのままご飯を食べないようにしているので、何とか気を逸《そ》らして服を着替えさせた。この時点で予定時刻を五分オーバーしていることに気がつく。

ヤバい、時間がない。急がなきゃ。

「さ、どうぞ。召し上がれ」

「いただきまーす」

時計を見ながら、慌てて自分の支度に取りかかった。

美容院に行ったのは、半年くらい前だったかな？　カラーは今まで一度もしたことがないから、ずっと黒髪だ。なので伸びっぱなしでもリタッチする必要はないし、問題はない。

前髪は伸びすぎたらセルフで切っちゃうときもあるけれど、基本的には長く伸ばしている。全体の髪も基本は伸ばしっぱなしで、現在の長さは肩を通り越したところ。ずいぶん長くなってきたから、そろそろ切りたいな。でも金銭的に厳しくて、行けるのは来月か、もしくは再来月くらいになりそう……。

ずっと手入れできていない髪をひと纏《まと》めにするため櫛《くし》で梳《と》いて、ヘアアクセサリーを使い、夜会巻き風にアレンジする。こうすれば伸びたままの髪も気にならないし、すっきり纏まって見える。

洋服はフリマで買ったシャツに、プチプラブランドのジーンズを合わせた。もともとオシャレにお金をかけるほうではないが、ここ数年それに拍車がかかった気がする。樹里との生活を優先するあまり、自分のことは二の次だ。

保育園に通っている樹里は、何枚も服がいる。トイレトレーニングをしていた頃よりはマシだけど、一日に三枚ほど上下の服を用意しなければならない。それもフリマを駆使して安いものを買ってはいるものの、なかなかの出費になる。

家賃と光熱費、食費や雑費など、自分ひとりの収入で全て賄わないといけないので、余裕などまったくないのが現状。

なので、どうしても自分のことは後回しになっていくけど、それでもいい。樹里がちゃんと不自由なく生活できていればいいと考えている。

さて……。

準備が整って樹里のもとへ戻った頃には、彼女は朝食を全て食べ終え、テレビに夢中になっていた。本当ならそばで一緒に食事をしたいところだけど、朝はどうしても時間がない。悪いと思いつつもひとりで食べてもらうことにしている。

「もう出よう」

「うん」

登園カバンと、着替えなどを入れたキルトバッグを持って、私たちは玄関を出て駐輪場に向かった。

ヘッドレスト付きの赤い自転車の前かごに荷物を載せているうちに、樹里はひとりで後ろの席によじ登って乗り、スタンバイをしてくれて助かる。

「さ、行くぞー」

「しゅっぱーつ！」

電動アシスト自転車じゃないから、ぐっと強く足に力を入れて走り出す。

次に自転車を買うときは、絶対に電動アシスト付きがいいなと思うけれど、そのときにはきっと樹里は自分の自転車に乗る頃だろうな。

こんなに大変な思いをして自転車をこいでいたことも、いつか懐かしく感じるはずだから、あと少しこのままで頑張ろうと考えるのだった。

自宅から保育園までは、自転車で十分。大きな坂などない平坦《へいたん》な道なので助かっている。七時過ぎに到着して、門まで見送ると、樹里は笑顔で手を振ってくれる。

「じゃあ、行くね」

「うん」

「樹里も頑張ってね」

「はーい」

樹里の小さな手を握って、別れを惜しむのはいつも私。

樹里は0歳の頃から保育園にいるので、私と離れることにはもう慣れていて、全然泣かなくなった。楽しい保育園生活を送っていることはとても助かるし、嬉しいことなのに、肝心の私が寂しがっているとは……。

「ママ、いってらっしゃい。またね」

「うん。いってきます」

なかなか行きたがらない私にハグをしてくれて、樹里はにっこりと微笑《ほほえ》む。その可愛い頬に触れ、名残惜《なごりお》しい気持ちのまま保育園をあとにした。

「……はあ。……よし」

ため息を漏らしたあと、すうっと息を吸って気合いを入れる。そしてもう一度自転車にまたがり、次は都心へ向かう。

保育園から自転車で三十分。

大きな駅から徒歩五分ほどの場所にある高級タワーマンションに到着すると、裏口に入っていく。

地下駐輪場に自転車を停め、そこから従業員出入口に入り、更衣室へ進む。

スタッフに与えられた空間でさえ、上品な雰囲気になっていて、ここで制服に着替えると完全に仕事モードへと切り替わる。

私は『エランコミュニケーションズ』という会社に所属していて、この高級タワーマンションのコンシェルジュとして派遣されている。

三交代制となっていて、朝勤務、夕勤務、深夜勤務があり、私はその中で朝がメインだ。

子どもがいるので、やむを得ない急な欠勤や早退になる場合もあるけれど、その場合は本社に連絡をすれば、代わりの人材を準備する形で対応してもらえるので助かっている。

そのようなシステムでなければ、私のような子育て中の女性が働くのは難しいだろう。うちの会社の社長は女性なので、その点の理解が深く、ありがたい。

白とベージュのツートーンになっているワンピースの制服に着替え、ヌーディーなストッキングを穿《は》く。プレーンなパンプスを履き、首元にはスカーフを巻いて完成。

高級タワーマンションのコンシェルジュになって、早二年。最初の一年は基礎的なマナーの勉強や研修ばかりだった。それから別のマンションでしばらく働いたのち、このマンションへの配属となった。

最初の頃は先輩に指示を仰いでやっていたけれど、最近ではやっと自分でいろいろ判断できるようになってきた。

後輩もできたし、入居者の方たちにも顔を覚えてもらい、スムーズに仕事ができるようになってきたので、大変ながらも楽しくやっている。

「おはようございます！」

着替え終わってコンシェルジュカウンターに向かい、挨拶をすると、深夜勤務だった男性スタッフが疲れた表情でこちらを見て、手を上げた。

「おはようございます……」

「あれ？　どうしたんですか？　とてもお疲れのように見えますが」

「そうなんですよ。昨日、瀧沢《たきざわ》様が帰ってこられたのですが、そのときに女性をお連れで……」

瀧沢様は、今をときめく人気の俳優で、日本映画祭の新人賞を受賞するなど話題の人物だ。

いつもコンシェルジュカウンターの前を通るときは、マスクにサングラスをしているので、その顔をしっかり見たことはないが、ここのマンションは芸能人も住んでいるので珍しいことではない。

ただ、その話題の人物が女性を連れ込むとなると、いろいろと問題が生じることが予想される。

「週刊誌の記者がつけていたみたいで……。マンションの中に入ってくるわ、奥に行こうとするわで、その対応でとても疲れました」

「そうですか……。まだそのゲストの方はお部屋の中ですか？」

「いいえ。先ほど帰られました」

芸能人も大変だな、と他人事ながら同情する。異性との逢瀬《おうせ》にも気を使わなければならないし、見つかるとややこしいことになる。人気者であればなおさらだ。

このマンションの中では、大物タレントと人気歌手が同じフロアで生活している。そうすれば誰かに見つかることもないし、お互いの部屋を楽に行き来できる。そんなふうに内緒で恋愛をしている芸能人もいる。

ここは高級マンションなのでセキュリティも万全だし、私たちコンシェルジュもいるので、秘密を厳守して協力だってする。こういう対応も全て仕事のうちだ。

「わかりました。あとは私が引き継ぎます」

「はい。お願いします」

ふあ、と大きなあくびが出そうになるのを堪《こら》えて、男性スタッフは更衣室へと消えていった。

その姿を見送ったあと、私はカウンターにあるパソコンで、メールのチェックを始める。

さて、今日は……。

今日一日にやらなければならないことを頭で整理していると、急にコンシェルジュカウンターに誰かがやってきた。

急いで顔を上げて、スマイルを作ろうと思ったのに——。目の前にいる人物を見て絶句してしまった。

「……どうしてお前がここにいるんだ？」

聞き覚えのある低い声。すっきりとした清潔感のある黒髪。見覚えのある顔は年を重ねて精悍《せいかん》さが増している。

かつては甘い眼差《まなざ》しで私を見ていた双眸《そうぼう》は、今は鋭く突き刺さるように、こちらに向けられている。

その姿を見ていると、現実なのか夢なのかわからなくなる。呼吸を忘れるくらい、じっと彼を見つめてしまった。

「聞いてるのか？　椎名《しいな》」

椎名友里。事情があって、私の旧姓は椎名だ。その名字で呼ばれてハッとする。

「えっ、あ……はい。申し訳ございません。わたくしは、こちらのコンシェルジュをしておりまして……」

「それは見ればわかる」

ぴしゃりと言い放たれ、冷たい言葉に怯《ひる》んでしまう。

目の前にいる男性は、私の態度が気に食わないようでイラついている様子。

私も私で、久しぶりの再会に動揺を隠せないでいる。もう二度と会わないと思っていた相手で、しかもそれは樹里の父親――小野寺直樹だったのだ。

「俺はこのマンションに住んでいるんだ」

「え……」

小野寺直樹という入居者はいなかったはず。もしいたのなら、このマンションから担当を外してもらっていた。

どういうことだろう？

「そう、だったんですね……。存じ上げておりませんでした、申し訳ございません」

「嫌がらせでわざとここにいるのかと思ったが、そうじゃないんだな」

そっけなく話されることに慣れていなくて、彼との距離を感じて勝手に寂しさを募らせる。しかし、こんな態度を取られるのも無理はない。私たちはすでに、数年前に別れているのだから。

「いつもこの時間に勤務しているのか？」

「……はい、そうです」

「だから会わなかったんだな。俺は今日、たまたま出張から帰ってきたところで、珍しくこの時間に帰宅した。いつもならもう出勤している」

直樹のそばには大きなキャリーケースがあり、遠方か海外に数日行っていたであろう量の荷物だ。

「何号室ですか？　お運びしましょうか……？」

「他人行儀に話すなよ。知らない間柄じゃないだろ。気に障《さわ》る」

「も、申し訳ありません……勤務中ですから……」

仕事モードに入っていて、つい敬語を使ったことを指摘され、『しまった』と急いで口元を押さえる。

「五二〇一だ」

「え？」

「俺の部屋」

五二〇一といったら、このマンションの最上階だ。確か最上階のふた部屋は、オフィス名義になっていたはず。だから直樹が住んでいることも気がつかなかったのか。でも小野寺グループのオフィス名義ではなかった。直樹と一切関わりを持たないよう、その辺りは入念に調べるようにしていたのに。

「何？　何か腑《ふ》に落ちない感じ？」

「いや……『グランデ・クレアカンパニー』というのが、小野寺様のお勤めになられているグループ会社ではなかったような気がしたので……」

「ああ。グランデは友人が経営している会社。税金対策でこのマンションを買ったらしいんだけど、本人が海外に行ってしまって。部屋の管理を兼ねて、俺に住んでほしいと頼まれたんだ。会社から近いし利便性もいいから、彼が帰ってくるまで住まわせてもらっている」

とはいえ、持ち主はまったく日本に帰ってくる気配がないのだそう。部屋を気に入っているし、このまま譲渡してもらってもいいのだと彼は続けた。

そういうことだったのか、と納得した。けれど、私の職場に直樹が住んでいるとは……大変な事態になってしまった。どうすればいいのか頭を悩ませて、がっくりと肩を落とす。

「部屋に来たかったら、来てくれてもいい」

「……結構です！」

散々冷たい口調で話しかけてきたくせに、そんなことを言うなんて、ずるい。思いがけない言葉に、過剰に反応してしまって頬が熱くなった。

ああ、こんなところで元カレと再会してしまうとは……。

ここのマンションのコンシェルジュ業務に慣れてきて、やり甲斐《がい》も充実感も味わっていたところなのに……異動願いを出さなければならないと考える。

黙り込む私の表情から何かを読み取ったようで、彼は私の顔を見つめて口を開いた。

「いろいろ話したいこともあるし、勝手に辞めるなよ」

先に釘《くぎ》を刺されてしまい、言葉を失う。

「じゃあ、あとでクリーニングを頼むから、また電話する」

「はい。かしこまりました」

キャリーケースを引いてエレベーターへと向かう直樹の後ろ姿を見送り、私はその場にしゃがみ込んだ。

どうして再会しちゃうかな！

もう二度と関わらないと決めていた。樹里のためにも、私のためにも……そして彼のためにも関わるのはよくない。

そう思うのに……彼の住んでいるマンションで働いているなんて！

最悪な状況にもかかわらず、胸の鼓動は収まらなくて、全身に響くくらいドキドキしているのを隠せない。

そして、過去のことがたくさん蘇《よみがえ》ってくる。

蓋をしていた、私の過去が。

過去

どこから思い出そうか。

あれは七年前。私がまだ高校三年生だった頃だ。

うちは、私が生まれてすぐに両親が離婚し、母親が親権を取った。養育費を充分にもらえなくて、母だけの収入では厳しく、高校受験のときに『公立もしくは都立なら何とか行かせてあげられる』と言われていた。

当然、塾には行っていなかった。しかし勉強が好きだったので成績はよく、とある私立高校の特待生として学費を免除してもらえることになる。

その高校とは、お金持ちの子どもたちが通うとても品のいい学校で、学力のレベルとしては中の中くらい。大学進学率はそこそこな感じだった。

私が入学する年から特進クラスが設けられることになり、学力レベルを上げるため、頭のいい生徒を特待生として招き入れる方針に変わった。そのため、こんな貧しい家庭の私が私立に通えることとなり、学費も免除されたのだ。

そういう流れで私立高校に入学したわけだけど、そこにいる生徒たちは裕福な家庭の子たちだらけだ。

中には芸能人の子どもや、政治家の子どもなんかもいる。持っているもの、身につけているものは高校生にそぐわない高級品ばかりで、校則はあるけれど、隠れて持っているのもハイブランドのものばかり。

私自身、オシャレに興味はあるものの、そもそもお金を持っていない。特進クラスは、一上を見ればキリがないので、興味を示さず勉強ばかりしていた。

一般家庭の子の寄せ集めだったので浮くことはなかったし、勉強をしていれば何とか時間は過ぎた。

学校内ではヒエラルキーが存在していて、やはり大企業の社長の息子や政治家の娘などがその頂点にいる。

その中に小野寺直樹がいた。

サッカー部のキャプテンで、長身。イケメンで、しかも小野寺グループという大企業の息子。そのうえ友達が多くて、性格もいいらしい。体育祭では応援団長を務め上げ、三学年を纏めるリーダーシップを見事に発揮していた。

そんなキラキラしている彼を、遠くから見ている私。特に輝くわけでもなく、平々凡々とした、勉強ばかりしているどこにでもいる女子。

別に、彼に対して特別な感情はなく、ただ『すごいな』と思って見つめているだけ。あんなふうに何もかも手に入れて楽しそうにしているのが、素直にすごいと眺めている。妬むとか、そういう感情など生まれないくらい、ただただ尊敬していた。

そんな天地の差がある私たちに共通点などないし、クラスも違うし、接点もなかったのに、ある日突然、声をかけられた。

「椎名さん」

休み時間、手を洗いに行こうとひとりで廊下を歩いているとき、突然男子に呼び止められたのだ。誰だろうと振り返ると、そこには小野寺くんが立っていた。

「特進クラスの椎名さんだよね？」

「……はい」

「はい。そうです」

初めて間近で見る小野寺くんの格好よさに、目を奪われる。

芸能人と言われたら納得してしまいそうな整った顔立ちに、見上げるほどの長身。手足が長くて男らしい体つきをしていることが、制服越しに伝わってくる。

条件反射的にドキドキと胸を高鳴らせて、何の用だろうと、彼の美しい顔をじっと見てしまった。

「突然ごめん。実はさ……俺に勉強を教えてほしいんだ」

「え？」

勉強を教えてほしい？　どうして私に……？

「椎名さんって、学年でトップ5に入るでしょ？　だから、教えてほしくて。俺、今年の夏まで部活ばかりしていて、あまり勉強できていなくて……」

少し照れたように頭をかきながら話すところは、あどけなくて可愛い。申し訳なさそうにお願いする様子がとても好印象だった。

「トップ5なんて、そんな。今回はたまたまだし、私よりもっと勉強ができる人はいます。その人から教えてもらったほうがいいんじゃないですか？」

この前の中間テストで、学年順位は五位だった。それは間違いではないけれど、本当にたまたまだ。いつも五位圏内に入っている子が不調だったようで、私がランクインしただけのこと。そんなに頼りにされる根拠になることじゃない。

私に教わるくらいなら、一位の男子に教えてもらうべきだと思う。

「椎名さんがいいんだ。俺の友達が、椎名さんに教えてもらったらすごくわかりやすかったって。その子、今回成績アップしたんだぜ。椎名さん、すごいよ」

う……。

確かに、他のクラスの女子に頼まれて、テスト前に一緒に勉強をしたことがあった。その子とは部活が同じで顔見知りだったから、ふたりで勉強をしただけで……。こんな何の接点もない男子を教えるのとは、わけが違う。

それに、女子から人気の小野寺くんと一緒にいるところを見られたら、変なやっかみに巻き込まれそうで怖い。卒業まで平穏な学校生活を送っていきたいのに、ここに来て大変なことになってしまうのはごめんだ。

「ね、お願い。椎名さん」

小野寺くんは顔の前で合掌して、何度も頼み込んでくる。

私が困惑して後ずさりしても、彼がめげずに押し進んでくるから、逃げ場がなくなってしまった。周りから注視されて、どうしていいかわからずにいると、彼に手を掴《つか》まれる。

「あ……っ」

初めて触れた男子の手。大きくて、私の手をすっぽりと包んで温かい。握られた手は自分の体の一部なのに、そうじゃないみたいな感覚がして、そこから熱がぶわっと広がる。

「椎名さん、お願い。俺、椎名さんがいいんだ」

何度も断るのに、何度もお願いされてしまって、断る手立てがなくなってくる。その日は教室に逃げ帰ったけれど、次の日も、また次の日もお願いされて、ついに私は折れてしまった。

「放課後、一時間だけなら……」

その約束で、私たちは高校三年生の夏の終わりから一緒に勉強をする仲になった。

勉強を教えてほしいと言う割に、彼は基礎をしっかり理解していて、私がやっているレベルの勉強も難なくこなしている。特進クラスの問題についてこられるのなら、なぜ普通クラスにいるのか不思議だ。

あとからわかったことだが、小野寺くんは普通クラスの中では上位に入る成績の持ち主だったのだ。いつも自分の前後の順位しか見ていなかったから、まったく気づいていなかった。

私が教えなくても、全然大丈夫じゃない？

……そう思いつつも、勉強についてあれこれ会話を交わしたり、先生の話をしたりして一緒に過ごす時間が楽しくて、『やめましょう』とは言い出せない。

「椎名さん、今日もありがとう」

今日は約束の一時間が大幅に過ぎ、五時半になった。下校時刻となり、私たちは席を立つ。秋めいていた近頃は、この時間ですっかり暗くなっていて、夜の訪れを感じさせる。

「送るよ」

「ううん、大丈夫。ひとりで帰れるよ」

「だめ、送る」

私の家は学校から電車で二十分。そんなところまで送ってもらうのは悪いと断っても、彼は譲る気がないらしい。

「ほら、行くよ」

私の前を歩く小野寺くんは、私のカバンを人質にして歩き出す。それがないと困ることを知っていて返してくれない。彼女に対するみたいな態度を取ってくる。

よく校内カップルが一緒に下校しているところを見ていたけれど、こうして彼氏が彼女のカバンを持ってあげていた。それを見て『いいなぁ』と心の中で呟《つぶや》いていた。それがまさか小野寺くんにこんなことをしてもらえるなんて、信じられない。

一緒に勉強をする仲になったものの、プライベートな話はあまりしない。全然話さなかったときよりは距離が縮まったとは思うけど、友達かと聞かれれば首をかしげる。

今だって一緒に歩いているし、荷物を持ってもらっているのに、会話は弾まない。

ただ黙って道を歩いている。

私たちの間には少し距離があって、そんなに親しげでもない。

だけど小野寺くんは、私の歩調に合わせて歩いてくれている。彼の長い足なら、もっと早く歩けるだろうに、それはしない。小野寺くんは車道側を歩き、私は彼の右側を歩いている。

静かな帰り道。黙ったまま彼の斜め後ろから姿を見て、頬が熱くなる。

バレないように俯《うつむ》いて足元ばかり見つめている。何となく、ふと頭を上げると、彼の顔がこちらに向いていた。

「椎名さんの家は、どの辺り?」

「えっ、と……駅から徒歩で十分くらいかな。ごめんね、遠くて」

「俺もそっち方面だから気にしないで。っていうか、もっと遠くてもいい。そのほうが一緒にいられる時間が長くなるし」

「え?」

「何でもない」

はっきりした口調で話されていたにもかかわらず、彼の言葉を聞き逃してしまった。

……というよりは、言葉の意味が理解できなくて聞き直したというほうが正しい。

そのあと、もう一度言われることはなく、よくわからないまま会話は終わってしまった。


彼は遠い私の家まで、ちゃんと送り届けてくれた。おんぼろのアパートを見て幻滅されるのではないかと思って、近くのマンションの前で「ここなの」と嘘《うそ》をつく。

ちっぽけな見栄。こんな嘘、すぐにバレてしまうかもしれないのに。バレたら余計に恥をかくはずだけど、少しでもよく思われたい気持ちが勝ってしまった。

「じゃあ、また明日」

「うん、またね。バイバイ」

手を振って、彼を見送る。

見えなくなるまでずっと、その後ろ姿を目で追った。

――小野寺くん。

心の中で彼の名前を呼ぶと、ふっと温かくなる。

どうして私に勉強を教えてほしいって言ったの？　特別な意味などないはずだよね。

わかっているけれど、彼のそばにいられることが嬉しい。それ以上は望まないし、身のほどをわきまえているつもり。

受験が終わるまで……。それまでは、こうして同じ時間を過ごせる。

彼の姿が完全に見えなくなったあと、本当の自分の家に向かう足取りが軽くて、あまり得意ではないスキップをしてしまうほど浮かれていた。

自然に頬が緩んで、ふふっと声が漏れる。

私は、彼に恋をしたのかもしれない。初めての恋。

誰にも言わない、秘密の恋。自分だけの秘密を手に入れて喜んでいる。

この気持ちを大事にしたい。どうにかしたいわけでなく、ただ心の中で大切にしておきたいのだ。

それだけで充分だった、十代の私。

結局、卒業まで続いた放課後の勉強会。最後のほうは彼の友人たちも交じって勉強することになり、秘密の時間ではなくなっていたけれど、共に過ごせることには変わりないので何の不満もなかった。

一緒にいるうちに、彼の人柄を知ることができた。

明るく社交的で、どの友人に対しても同じ態度。我が我がと前にしゃしゃり出ることはなく、人の話をしっかりと聞いたうえで、気のきいたひとことを話す。すると、どっと周りが沸いて、彼に注目が集まる。同い年の男子にしては落ち着いていて、冷静に物事を考えられる人だと知った。

憧れは大きくなるばかりで、彼への想いも日に日に膨らむ。しかしその気持ちを明かすことはなく、あくまで友人として接し続けた。

卒業式の日に彼を呼び出して、告白している女子を何人か見かけたけれど、女子たちが涙を零《こぼ》している姿を見て、みんな玉砕したのだと察した。

私が胸に温めている恋心は、彼女たちと同じ熱量を持っている。だけど私には、そんな勇気はない。このまま素敵な思い出として、胸の奥にそっとしまっておくことしかできない。

最後の最後で好きだと言ってしまったら、せっかく築き上げてきた友人関係にヒビが入ってしまう。それを恐れて遠くから見ていた。

——意気地なし。

心のどこかでそんな言葉が聞こえた。結局は自分が傷つきたくなくて、この気持ちを粉々にしたくなかったのだ。

そうして、私たちは卒業した。

それから二年後。高校を卒業した私は、奨学金制度を利用して大学に進学していた。就職することも考えた。でも、この成績で進学しないなどもったいない、と担任が母を説得してくれたおかげで、大学に行けた。

大学生活を送りながら、アルバイトに励む日々。単位もしっかり取れているので問題なく、このまま順調に進めば卒業もできるだろう。

将来は何になりたいとか、まだそこまでは考えていないけれど、ちゃんとした会社に勤めて、しっかりと安定した生活を送りたい。今まで女手ひとつで育ててきてくれた母に、恩返しができるようになることが一番。

名の知れた大学に娘が通うようになり、余裕が出てきたのか、母は最近出かける回数が増えた。

今まで私を育てるのに精いっぱいで大変だったと思うから、楽しそうにしているのを見ると嬉しくなる。

今日は成人式。着物のお金ももったいないから、行かないでおこうと思っていたのに、母が私に内緒で準備をしてくれていた。

「友里、綺麗《きれい》よ」

「……これ、本当にいいの？」

「当たり前でしょ。友里の成人式なんだから」

全身鏡の前で立つ私は、いつもの私じゃないみたい。真っ赤な振袖を身につけ、髪はアップスタイルになって、生花が飾られていて華やか。

いつも化粧っ気のない顔をしているのに、今日はプロにお願いしてメイクをしてもらっている。

眉は整い、目はアイラインを引いて、ぱっちりした。まつ毛もマスカラで扇型に広がり、より一層、目を引き立たせている。頬も唇も淡いピンク色。

こんなふうに着飾ったことがないから、別人のように感じる。魔法をかけてもらったみたいで、何度も鏡を見ては、体をひねって全身を眺めた。

「友里ちゃん、お母さん似で綺麗だね。よく似合ってる」

「本当ですか？　変じゃありませんか？」

「全然変じゃないよ！　とても素敵だよ」

母の隣にいる男性は、彼女の旧友である松岡さん。学生時代の友達だと聞いている。いつも男手が必要なときに助けてくれる、よきおじさんだ。

……って言ったら怒られるかな？　母と同じ年齢だから、四十一歳。

私の晴れ姿を見に来た母と松岡さんは、顔を見合わせて嬉しそうに微笑む。母の目には涙が浮かんで、今にも泣き出しそう。

「友里もこれで一人前の大人ね」

「ありがとう、お母さん」

まだ楽はさせてあげられないけれど、働き出したらお母さんにたくさん恩返しするからね。

片親で私を育ててきたことは、本当に大変だったと思う。

「さ、行きなさい。式典の時間が近づいているでしょ？」

「うん。いってきます」

三人でサロンの前に出て記念撮影をしたあと、母に話しかけられる。

「それから……今日は、遅くなるのよね？」

「そうだね。夜はホテルで同窓会だから」

「わかった。楽しんできてね」

「ありがとう」

高校の同窓会が行われると案内があり、場所はホテルの宴会場になっていた。ホテルで食事をしたことがないので、どんな感じかなと胸が躍る。

卒業してから会っていない友達は、今、どんなふうになっているだろう？

進学した子もいれば、就職した子だっている。芸能人になった子もいるし、私とは住む世界が全然違う人たちも多い。みんながどうなっているか興味がある。

成人式の会場に向かっている途中、ふと小野寺くんのことを思い出した。

小野寺くんに、会えるかな……。

彼は卒業したあと大学に進学して、海外に留学すると言っていた。連絡先を交換していたものの、こちらから連絡することはなく、そのまま疎遠になっていた。

何度かメールのやり取りはしたし、食事に誘われたこともあった。だけど、ふたりきりで食事なんてする間柄でもないし、恐れ多くてその誘いに乗れなかった。適当にごまかしてフェードアウトしてしまったのだ。

食事に誘ってくれたのも、きっと社交辞令だ。勉強を教わるという目的がなくなった今、個人的に会う理由はないのに、気を使ってくれたのだと思う。

今日だって、会えても声はかけられないだろうな。もう私のことを忘れているかもしれない。それでもいい。ひと目、彼を見たい。

どんな男性になっているか、楽しみ。

会場に着くと、たくさんの人たちで溢れており、その中で保育園の友達や小中学生の頃の友達など、懐かしい面々に出会えた。

「友里ちゃん、久しぶり」

「わあ、久しぶり！」

みんな綺麗になっていて驚く。髪だって明るい色に変えて、あか抜けて、ぐんと大人になっている。

だって二十歳だもん。いつまでも子どもじゃない。昔みたいに校則があるわけじゃないし、好きな格好ができる。学生時代と違っていて当然だ。

懐かしい話に花を咲かせたあと、私たちは成人式に参加する。厳粛な空気の中、私は目を動かして小野寺くんを探していた。

……いないな。もしかして、まだ日本に帰ってきていないのかな？

それとも、午後からの部に参加するのかな？

同窓会では会えるかな、と期待して、夜になるのを待つ。浮き足立っているせいか、ずっとドキドキしたまま過ごしていた。

それから夜になり、入ったことのなかった高級なホテルのトイレで、緊張しながらメイク直しをする。といっても、私が持っているのは、色がつくタイプのリップクリームくらいなのだけど。

鏡に映る自分を見て、「よし」と気合いを入れた。

ふかふかの絨毯《じゅうたん》の床を歩いて会場へ向かう。高校の名前と【卒業生同窓会】と書いてある看板を見つけて、そこを覗《のぞ》いてみた。

するとその中はきらびやかで、シャンデリアがぶら下がっている豪華な空間になっていた。

ずらりと並ぶビュッフェは見たことのないような料理ばかりで、品数もたくさんある。奥にはバーラウンジがあって、バーテンダーが立っている。そこで好きなドリンクを作ってもらえるようだ。

「うわあ……どうしよう」

こんなところ、初めて来た。うちの高校はお金持ちの人ばかりだったから、こういうシーンにも慣れているのだろう。物怖《ものお》じせず中に入っていく人たちを何人も見送って、私は出入口のすぐそばで立ちつくしていた。

はあ……帰りたい、かも。

ここにいる女子たちは、着物のまま参加している人は少しで、ドレスに着替えている子が多い。着物だと動きにくいし、パーティーなのでドレスのほうが相応《ふさわ》しい格好なのかもしれない。

あんな素敵なドレスなんて持っていないし、私にとっては着物が一番高価な装いだ。しかしこの場所に不釣り合いな私は、非常に居心地が悪く、どうしていいかわからずに立ったまま。

帰りたいと思うけれど、せっかく参加費を払ったのだから、ご飯くらいは食べたい。昼ご飯もあまり食べていなかったから、お腹の音が鳴るくらい空腹だ。

「あの……もしかして、椎名さん?」

「え?」

名前を呼ばれて振り向くと、同じクラスだった女子に声をかけられた。

「あ、やっぱり椎名さんだ。よかった、同じクラスの子がいて」

「声をかけてくれてありがとう。ひとりで心細かったんだ」

「私も。あまり特進クラスの子は参加していないみたいだね。でも、向こうにうちのクラスだった担任がいるから、会いに行こうか」

「うん!　久しぶりに先生に会いたい」

その子と共に、担任がいるほうに歩いていく。

友達に会えて、少し気持ちが浮上する。ひとりだったら壁際に立ちっぱなしになっていただろうから、この子に会えて本当によかった。

担任の近くに行くと、同じクラスだった男子や女子たちが数人集まっていて、懐かしい面々にホッとした。

担任に挨拶をして、大学生活を順調に送っていることを報告する。先生のおかげで進学できたと感謝の言葉を告げて、しばらく歓談した。

それから友達と共にビュッフェを食べに行き、お酒も飲んでみることに。

初めてのお酒。二十歳になっても一度もお酒を口にしていなかったから、初めてビールを飲んで『こんなに苦いのか』と驚いた。

大人はみんな、これを飲んで美味《おい》しいと言っていることが不思議で、私はまだまだ子どもなんだなと実感する。

コップ一杯のビールを何とか飲み干すと、ふわっとした感覚になった。そんなふわふわした状態で再び周囲を見渡すと、ひと際目立つグループに目が奪われる。

——誰だろう?

男子が数人いる周りを、多くの女子たちが取り囲んでいる様子。中心の男子は誰なのだろうと見ていると、その人物が振り向いた。

「あ……っ」

そこにいたのは、小野寺くんだった。

思わず声が出てしまい、急いで目を逸らす。私には気づいていないと思うものの、咄嗟《とっさ》に逃げるように友達の後ろに隠れる。

一瞬しか見なかったけれど、思い出の中にいる小野寺くんより何十倍も格好よくなっていて、見ているだけでぶわっと汗が噴き出るくらい全身が熱くなる。

スーツを着ていて雰囲気が全然違う。髪も明るめの茶色で、サラサラとなびいていて王子様みたい……！

少し派手な印象に変わっており、それがまたよく似合っていて、格好よさに磨きがかかっていた。

周りにいる女子たちも、小野寺くんに夢中みたい。そりゃあそうだよね。とても格好いいもんね。それに、学生時代も彼は人気者だったから、ああなるのも納得だ。

私は遠くから見つめるだけで、話をすることはなかった。

二次会に行く友達と別れ、ホテルをあとにする。

ホテルのビュッフェなんて初めてだったし、お酒も飲んだし、高揚した気分だ。

最初は場違いなところに来てしまったと後悔したけれど、結果、とても楽しかった。

これも人生経験だよね。なかなか体験できないことだったから、勇気を出して参加してよかったと思う。

だけど、ひとつ心残りだったのは、小野寺くんと話せなかったこと。

『久しぶり』くらい言葉を交わせたらよかったな……。

あんなに人に囲まれている彼のそばに行って話す勇気はない。残念だけど、彼とはもう会うこともないし、話すこともない。

もともと私とは別世界の人だってわかっていたし、仕方ないよね……。

そう言い聞かせて地下鉄の駅のほうに向かって歩いていると、私の名前を呼ぶ声が聞こえた気がして、振り返る。

「椎名さん！」

「お……小野寺くん⁉」

小野寺くんが、息を切らして私のほうに向かって走ってくる。目を丸くして彼の姿を見ていると、私の前で足を止めた。

「はあ……よかった、間に合った」

「どうしたの？」

呼吸を整えたあと、小野寺くんは私の顔を見つめて話し出す。

「あのさ……椎名さん。今度、俺と一緒に食事に行ってくれないかな？」

「え……？」

「メールで誘っても、なかなかいい返事をもらえなかったから……次に会えたら、ちゃんと誘おうと思っていたんだ」

小野寺くんと食事……？　それって、どういうことなのだろう？

言葉の意図がわからなくて、彼の真剣な眼差しを、じっと見つめ返す。

「どうして？」

「椎名さんと仲良くなりたいんだ」

仲良く……？

別に深い意味などないとわかっているつもりなのに、そんなことを言われたら期待してしまいそうになる。でもそうじゃないはず、と自分に言い聞かせた。

「そんなに不思議そうな顔をしないでよ。俺が椎名さんを気に入っていることは、わかっているでしょ？」

「へえ……っ⁉」

小野寺くんがそんなことを言い出すから、変な声が出てしまった。

「嘘……。気づいていなかったの？」

「気づくも何も……。そんなこと、考えたこともないよ」

「どうして？　俺、態度に出していたつもりだったんだけど……」

そう言われても！

まさか小野寺くんが私のことを気に入っているなんて、思うわけないじゃない。それに、どういう種類の『気に入っている』なのかわからない。

警戒心丸出しの表情を読み取ったのか、小野寺くんが前のめりになってくるので、私はその気迫に押されて後ずさる。彼は私の返事を待たず、話を続ける。

「とにかく！　俺のことをもっと知ってほしい。俺も椎名さんのことをもっと知りたい。だから……俺と一緒に過ごす時間を作ってください」

深く一礼する小野寺くんに驚いて、慌てて「頭を上げて！」と彼の肩に手を添える。するとと私の手は彼に握られてしまった。

「お願い、椎名さん」

「う……」

その顔――。

高校時代に、勉強を教えてほしいとお願いされたときと同じ表情。真剣で、少し甘えるような眼差しは、とても蠱惑的《こわくてき》だ。その顔をされると拒めなくなる。

「……わかり、ました」

私がそう答えると、小野寺くんは、にっと白い歯を見せて笑ってみせた。

「じゃあ、明日の十時、マンションまで迎えに行くよ」

「えっ！」

明日⁉　明日って……急すぎない？

それに、マンションまで迎えに行くって言ってくれたけど、私の家はおんぼろアパートだ。マンションと言っているのは、私が昔『ここなの』と嘘をついた綺麗な分譲マンションのことだろう。

急な展開に戸惑っていたのに、小野寺くんは話を進める。

「善は急げ、だろ？　やっと椎名さんと食事に行けることになったんだ。君の気持ちが変わらないうちに行かないと」

……小野寺くんの言う通りかもしれない。時間が経って、いろいろなことを考えてしまったら『やっぱりやめましょう』と言い出す可能性がある。この勢いに乗って行かないと、私は尻込みしてしまうだろう。

「じゃあ、明日ね」

「……はい」

彼の強引な誘いに負けて、明日の十時に会うことになったのだった。

翌日。何を着ていくか本気で悩んだ。私の持っている服は地味で、カジュアルなものばかりだ。女の子らしい服を持っていないから、小野寺くんのそばにいていいものか悩んでしまう。

しかし買いに行く時間もないし、結局そのままいつも通りの格好で出かけることになった。約束の時間に、例の分譲マンションの前に立っていると、見慣れない高級外車が停止した。その左ハンドルの車から小野寺くんが顔を出す。

「乗って」

ええっ？　小野寺くん、車の運転ができるんだ……。

免許を持っていない私からすると、すごく大人に感じられて、またもや別次元の人だなぁと実感する。しかもこの高級外車は誰しもが知っているメーカーの車で、私が乗っていいものか戸惑った。さすが御曹司なだけあるな、と感心する。

「ごめん。本当はこんな車で来る予定じゃなかったんだ」

彼いわく、外車ではなく普通のコンパクトカーに乗ろうと思っていたのだが、母親に乗っていかれてしまったらしく、仕方なくこれで来たのだとか。

そもそも、一家に何台も車があることに驚く。普通のコンパクトカーと言ったけれど、私の思うコンパクトカーと、彼の言うコンパクトカーは違うかもしれない。

「今からデートだよ。椎名さんを楽しませてあげられるように頑張る」

いつになく緊張しているような彼を見て、私もつられてドキドキしてしまう。

そんなことをさらっと言っちゃう小野寺くんが憎い。

何気ない言葉なんだろうけど、あなたからそんな言葉を言われたら、どんな女の子でもキュンとしてしまう。

小野寺くんは、一緒に過ごす時間を作ってほしいと言ってくれた。きっとたくさんの女の子たちが、小野寺くんと過ごす時間が欲しいと思っているはず。

そんなすごい人が私と一緒に過ごしているなんて……何だか夢のよう。

助手席から小野寺くんの顔を見つめていると、ふっと目が合う。その瞬間に微笑みかけられて、私は頬を熱くする。

卒業して以来、好きだった気持ちは落ち着いていたはずだったのに……。

こうして一緒に過ごしていると、再燃してしまいそう。いや、もうしているかも。

昨日からずっと小野寺くんのことを考えて、熱に浮かされているみたいだ。

それから私たちは海沿いの公園に向かい、ベンチに座って、いろいろな話をした。小野寺くんが留学していたときの話や、最近の大学生活の話。それから家族の話や、高校時代の話など。話題が尽きなくて、私たちはずっと会話をしていた。

小野寺くんが話してくれること全部に興味があって、いつまでも聞いていたい。楽しそうに話す彼の様子が好きで、ずっと見ていたい。そう思った。

彼のお勧めのレストランで食事をすることになり、到着して恐れおののいた。

高層ビルの上階にあるレストランは、私たちみたいな学生が利用するような場所ではなく、厳かで静かな大人の空間だった。大きな窓からは東京の街並みが見下ろせて、空からは太陽の光がふんだんに入ってくる、開放的な演出がされている。

年配のギャルソンが私たちを案内し、奥の個室へと連れていく。

……こんなところ、来たことない。

どうしよう。変なことをしてしまって、連れてきてくれた小野寺くんに恥をかかせてはいけない。

そんな心配を払拭するように、彼は不慣れな私を気遣って、お姫様みたいな扱いでエスコートしてくれる。全て「こうすればいいんだよ」とさりげなく手ほどきして、私が恥をかかないように配慮してくれた。

しかし緊張しすぎた私は、まったく味がわからないまま最後のデザートまで進んでしまうことになる。

ああ……。もうお別れの時間だ。

私のアルバイトがあるため、今日は夕方までと時間を決めていた。

私は大学に入ってから少しでも生活費の足しにできるよう、ファストフード店で働いている。平日は夕方から夜にかけて。休日は朝から夕方まで。学業に支障が出ないように配慮しつつ、可能な限り働いていた。

食後のコーヒーを飲んで、寂しい思いを募らせる。

今日はたくさん緊張もしたけれど、楽しかった。まるで夢のような時間だった。シンデレラが十二時に王子様と別れるとき、こんな気持ちだったんだろうなと考える。

魔法が解けて、いつもの自分に戻る。奇跡のような素敵な時間が終わる……。もう王子様と会うこともない。名残惜しい気持ちを抱えながら別れるのだ。

「今日は本当にありがとうございました」

「こちらこそ、ありがとう。……じゃあ、次は今週末、どうかな？」

「え……？」

また会えるの？

今日だけのことだと思っていたのに、また次の誘いが来て、胸が跳ねる。

「こんなのじゃ、まだまだ足りない。椎名さんと一緒に過ごしたい」

そんな言葉を言ってもらえて、もう、どうしていいかわからない。

全身が熱くて、嬉しくて、だめだって思うのに舞い上がってしまう。

「……ね？　お願い」

またその顔。ああ、もうずるい。その顔、すごく好きだ。

「でも週末は朝からアルバイトをしているから……夕方しか時間がないの」

「じゃあ、その時間に会いに行くよ。それならいい？」

「うん」

こうして二回目の約束を交わし、別れた。

二回目は彼がアルバイト先に迎えに来てくれて、そのあとカフェでお茶をした。その次は、数日後に講義が終わってからデートをしようと誘われる。

その日はアルバイトが休みだったので、駅で待ち合わせをして水族館に行って、ウインドーショッピングをして楽しんだ。

一緒に電車移動するなんて、高校時代を思い出す。あの頃も今と同じように、ドキドキしながら席に座って、いろいろなことを考えていた。

淡い色のシャツに細身の白いパンツを合わせて、清潔感溢れる服装がよく似合っている小野寺くん。その隣にいるのは、伸ばしっぱなしの黒髪、化粧っ気のない顔、デニムに白シャツというカジュアルで実用性重視の服装をしている私。

どこからどう考えても不釣り合いなふたり。

小野寺くんは、私と一緒に並んで歩いていて平気なのかな？

恥ずかしい思い……とか、していないかな？

すれ違う女の子たちは小野寺くんを見て「格好いい人だ～」と騒いでいる。そんなことを気にすることなく、彼は私だけをまっすぐに見て楽しそうに話している。

小野寺くんって、不思議な人。

きちんとした家庭で育ったんだろうなと思わせる気品が漂っていて、細やかな気遣いができる。いつも優しくレディファーストで、何でもそつなくこなす。

私が綺麗な女性であろうがなかろうが、そんなことは全然気にしていないみたい。

ずっと自然体で、飾らなくて、一緒にいる時間が長くなればなるほど、彼はとても魅力に溢れた人だと伝わってくる。

夕刻になり、私たちは家路につく。私の最寄り駅に降りたところで、急に小野寺くんが足を止めた。

「椎名さん」

「……はい」

さっきまであんなに楽しそうだったのに、今は口をきゅっと締めて、硬い表情に変わっている。何かあったのだろうかと、私は彼の顔をじっと見つめる。

「話があるんだ」

「話？」

思いつめた表情だから、大事な話なのかもしれない。私たちは一旦、駅のロータリーの近くにあるベンチに少し離れて座った。

「どうしたの？」

「……あの、あのさ」

とても言いづらそうな雰囲気が漂ってきて、心配になってくる。ずっと切迫したような表情をしているので、深刻な話なのだろうと身構えた。

「俺……椎名さんが好きだ」

「え⁉」

反射的に声を出してしまったけれど、今、好きって言った？

「俺と付き合ってほしい」

私の手をぎゅっと握って、真剣な眼差しで見つめてくる。小野寺くんはいつになく真面目《まじめ》。その言葉には嘘偽りないことが伝わってきて、本気なのだと、ひしひしと伝わってくる。

……だけど。

「い、いや……でも、私は小野寺くんに相応しくないよ。住む世界が違うっていうか、何というか……私と付き合っても楽しくないよ」

「そんなことない。俺はずっと前から椎名さんが好きなんだ。高校のときに勉強を教えてほしいって言ったのも、椎名さんと仲良くなりたかったからで……」

クラスが違うにもかかわらず、小野寺くんは私のことが気になっていたらしい。

しかしなかなか接近できず、ゆっくりと時間をかけて親しくなろうと試みた。だから私に勉強を教えてほしいとお願いして、一緒に過ごしているうちに、少しずつ仲良くなった。

高校を卒業したあと告白しようと思ったのに、誘っても来ない私に好きだと伝えられず……今に至ったらしい。

「次に会えたら、絶対に告白すると決めていたんだ。もう後悔したくない」

信じられないような言葉ばかりで、すぐに喜べないでいる。なのに、胸はうるさいほどに高鳴って、慎重にならなきゃと思う心を乱してくる。

まさか、こんな夢みたいなこと起きない……よね。

幻を見ているんじゃないかと考え、目の前で起きていることが信じられない。

でも小野寺くんは、冗談でこんなことを言う人じゃない。

わかっているけど、信じられなくて……。

そんなに私のことを想ってくれていたの？

彼の熱い想いに心を打たれて、弱気だった私の心が溶かされていく。

相応しくないとか、一緒にいても楽しくないだろうと心配する気持ちがどうでもよくなって、ふたりが同じ気持ちで好きだと感じているのなら、そんなことは関係ないのではないかと思い始めた。

「もし付き合ってみて、違うと思ったら別れてくれていい。少しでも俺のことを好きなら、彼女になってほしいんだ」

ストレートな愛の告白。嬉しさで胸がいっぱいで、彼への秘めた想いが、どんどん加速していく。

私だって、高校時代からずっと小野寺くんのことが好きだ。同窓会が行われると知ったとき、一番に考えたのは小野寺くんのこと。心の中でいつも会いたいと思っていた。そんな彼から、『好きだ、彼女になってほしい』と言われている。

どうしよう、どうしよう。こんなの、断れないよ。

「……いいの？」

「え？」

「本当に私でいいの？」

一緒にいて、やっぱり違うと思われたりしない？　がっかりされたりしない？

こんな私だけど……あなたの隣にいて、いいの？

「椎名さんじゃなきゃ、嫌なんだ。椎名さんがいい」

力強くそう言われて、嬉しさが込み上げる。

小野寺くんの言葉を信じよう。素直に——。

「お付き合い……します」

そう答えると、ぱあっと表情を明るくした小野寺くんは力いっぱい私を抱きしめた。

「きゃ……っ」

「椎名さん、好きだ！　嬉しい。ＯＫしてくれて、ありがとう！」

心底喜んでくれているのが伝わって、胸がいっぱいになる。

「これからよろしくお願いします」

こうして、私たちの付き合いがスタートした。

恋人になったふたり

小野寺くんと付き合い始めて、私の生活は変わった。

朝は彼からのモーニングコールで目覚める。それからメールのやり取りをして、アルバイト終わりに待ち合わせてデートする。

周りの子たちはスマホを持っているけれど、私はいつまでもガラケーで、普通のメールしかできない。メッセージアプリを使うカップルを見て羨ましいなと思うけど、小野寺くんはそんなことをまったく気にする様子もなく、マメに連絡をくれた。

それからいつしか呼び方が『直樹』と『友里』に変わった。名前で呼び合うって、恋人っぽい。

初めて『直樹』と呼んだときの、照れて破顔した彼をとても可愛いと思った。はにかむように微笑んで『友里』と呼び返してくれる。

彼の行動全部が好きで、毎日が好きな気持ちと幸福感で溢れている。

初めて手を繋《つな》いで歩いたのも直樹と。

手って普通に握るんじゃなくて、恋人は指を絡ませて繋ぐんだね。彼の手の大きさを感じてすごくドキドキした。

それからキスも。

ふたりで夜景を見に行ったときに、抱き寄せられて……初めてのキスをされた。

緊張のせいで、どんなものだったかわからなくて、顔を見合わせてからもう一度キスをした。柔らかな彼の唇。

直樹になら、何をされてもいい。求められたら、全部捧《ささ》げたい。

一緒にいる時間が増えていくたびに、私たちはお互いを強く求めるようになり……。

彼に初めてを捧げた。

どちらも初めてだったから、すごく下手《へた》だったかもしれない。だけど、ふたりがひとつになれる幸せを感じて、涙を零すくらい嬉しかった。

これで私たちは、強く結ばれた恋人同士になれたと感じたのだった。

付き合い始めて三ヵ月が経った頃、私は彼の家に招かれる。

門から家の玄関までの道のりが長く、庭も驚くほどに広い。そして玄関の前には、立派な車寄せがあって、その奥には車庫があり、たくさんの車が並べられている。玄関だけでうちの家くらいの広さで、豪華な生花が飾ってあった。

彼が大企業の御曹司ということは前々から知っていたけど、まさかここまでとは思わなかった。

「うわあ……。すごいね……」

「そうなのかな？　……でも、まあ、不自由ない生活を送らせてもらってるね。両親には感謝してる」

口をあんぐりと開けたまま、部屋の隅々まで見渡す私をエスコートして、直樹はダイニングルームへと案内する。すると、彼のお母様が私たちを出迎えてくれた。

「いらっしゃい。あなたが友里さん？」

「は、はいっ。いつも直樹さんにはお世話になっております」

直樹のお母様は年齢を感じさせないほど美しい人で、シルエットの綺麗なワンピースを着ていた。揺れる巻き髪が女性らしさを醸し出し、肌もとても綺麗で、思わず見とれてしまった。

「うふふ、そんなに緊張しないで。さ、どうぞ。座って」

お母様、私、直樹の順でテーブルに着く。すると給仕係の人が、私たちの前に紅茶セットを並べ始めた。

給仕係の人が来るなんて、まるでレストランみたい。目の前に並ぶティーセットも高価なもののようだし、香ってくる紅茶のフレーバーも、いつも私が飲んでいるものとは違う。

失礼なことをしないようにと、緊張で体が強張《こわば》っていた。

お母様は、優雅な仕草で紅茶を飲む。

『ふたりはどうやって知り合ったの？』『いつから付き合っているの？』などといろいろ質問された。

直樹のお母様は綺麗で優しくて、いい人そうで安心した。怖い人だったらどうしようかと心配していたけど、そんな必要なかったな。

終始にこやかなので、話しているうちに緊張もほぐれてきた。

しばらく歓談したあと、直樹がお手洗いへと席を立った。彼を見送ると、隣にいたお母様が口を開く。

「……友里さん」

「はい」

「私ね、直樹と友里さんがお付き合いしていること、応援しているのよ。直樹は友里さんとお付き合いしてから、本当に楽しそうにしていて……親としては嬉しいの」

そんなふうに言ってもらえて、気持ちが落ち着いた。今回、直樹の家に行くことになり、もし彼のご両親に反対されたら……と不安になっていたからだ。

「そう言っていただけて、私も嬉しいです」

「……でもね」

『でもね』という逆接の言葉を聞いて、ホッとしていた心が一瞬で曇る。

「直樹は、ゆくゆくはうちの小野寺グループを継ぐ人物なのね。結婚なども大事になってくるわ。どういう人と結婚するかが、とても重要なの」

お母様は心配そうな表情を浮かべて、私をまっすぐ見つめている。次の言葉を待つ間、ドクドクと心臓の音が響くくらい不安が押し寄せてきて、息苦しさを感じた。その先を聞くのが怖い。

「……申し訳ないけれど、友里さんとは結婚できないかもしれない。義母はこういうことにとてもうるさい人で……。きっと、あなたのことを傷つけてでも別れさせようとすると思う」

義母——というのは直樹の父方のおばあ様で、小野寺グループを守ってきた会長の妻に当たる人。お母様いわく、小野寺家に相応しい女性でないと結婚を許さない、厳しい人らしい。

もともと直樹のお父様にも、想い人がいた。しかしその女性の家が、一般家庭より貧しい環境だったようで、おばあ様は大反対。小野寺家に相応しくないと言い、ふたりの仲を引き裂いた。

そのあとお見合いをしたのが直樹のお母様で、今に至るのだと話す。

「……まだそこまで考えていないかもしれないし、若いうちの恋愛かもしれない。だけど、この先もずっと一緒にいるのは難しいということを、頭の片隅に置いておいてほしいの」

この先もずっと一緒にいるのは難しい――その言葉が胸に突き刺さる。

頭の中が真っ白になって、何も言えなくなり、お母様の悲痛そうな顔をぼんやりと見つめる。

「ふたりの間に水を差すようなことを言って本当に申し訳ないけれど、小野寺家の事情をわかっていただけると助かります」

泣きそうな顔で頭を下げられて、私は言葉を返せなかった。正直なところ、最初はどうしてそんなことを言うの?と悲しみが押し寄せた。

でも次第に冷静になってきて、お母様は私のことを嫌って、虐《いじ》めたくて言っているんじゃない、と考えた。

小野寺家という組織のルールのせいで私を傷つけないように、忠告してくれたのだろう。

このまま私たちの気持ちが盛り上がり続けて、結婚を意識したときに打ち明けるよりも、もっと早い段階で知っておくべきだと教えてくれたのだ。

傷が深くならないよう、今のうちに……。

「……ご心配をおかけして、申し訳ありません。大丈夫です。自分が直樹さんに釣り合っていないことは重々承知していますし、うちとは家庭環境も全然違います。結婚なんて大それたことを考えてはいません」

「友里さん……こんな母親でごめんなさい」

頭を下げるお母様。彼の家には彼の家の事情があるのだろう。お母様が悪いわけじゃない。

こうして優しく諭してもらえただけ、ありがたいと思わなくてはいけない。

頭では理解できるけれど、心はボロボロで、今にも泣いてしまいそうだった。だけどそんなことはできず……お母様を安心させるため、一生懸命に笑顔を作った。

直樹が戻ってきてから、何もなかったようにしばらく三人で他愛のない話をしたのち、彼の部屋を見せてもらった。初めて見る直樹の自室に喜んだものの、心底楽しめてはいなかった。

きっと空元気だったに違いない。それでも彼に気づかれてはいなかったみたいだから、よかった。

自宅に戻ってから、力が抜けたように床に座り込む。彼のお母様に言われたことを思い返して、思いっきり声を上げて泣いた。

結婚しようとも、したいとも言われていないけど、この先もずっと一緒にいたいと願っていた。

恋愛の先にあるのが、結婚。そう思っていたのは、私だけではないはず。

それは彼も同じ気持ちだと考えていたし、伝わってきていた。

だけど、この先はない……。

それだけは確実で、どれだけ好きでいても、いつかは別れなければならない。

そう思うと胸が痛くて、苦しくて、涙が止まらなかった。

いつかは……別れる。それがいつになるかはわからないけれど、これ以上は気持ちを加速させてはならない。距離を置かなければ、取り返しのつかないことになってしまう……。

直樹のそばにいられなくなるのはつらい。でも彼のお母様の悲痛なお願いを思い出すと、自分の気持ちを優先できない。

私が身を引くことが、最善の策だと思った。

しばらく私たちは付き合いを続けたものの、距離を置くように心がけた。会う日数を減らしたり、メールの返信を遅らせたり。でも直樹は積極的に会いに来る。私が連絡をしなくても、『忙しいんだね』と言うだけで、咎《とが》めてはこない。

私が離れようとしても優しく理解を示してくれて、限られた時間の中で一緒にいられるように歩み寄ろうとする。そんな優しさを知るたび、もっと好きになっていく。

一緒にいるとだめだ。彼に流されて、愛されていることに溺れて、理性が崩れてしまう。

一緒にいたい。でもこの先はない。

その狭間で揺れながら、直樹に愛されていることから抜け出せなくなっていた。

そんなある日。ふとカレンダーを見てみると、生理がまだ来ていないことに気がつく。二十八日周期でいつも来るのに、今月は遅れているみたいだ。

体調が悪かったから遅れてしまったのかなと思い、あまり気にしていなかったが、それから一週間経っても来ない。

おかしいと思った私は、ドラッグストアで妊娠検査薬を買い、検査をしてみることにした。

そんなことはないと思うけど、一応。念のため、検査してみるだけ……。

「嘘……」

縦にくっきりと出た線を見て絶句する。陽性判定が出ており、妊娠していることを表していた。

何かの間違いだ。妊娠検査薬の精度も百パーセントじゃないし、病院に行けば『陰性ですよ』と言われるだろうと思い込む。

すぐに産婦人科の予約を取り、受診することにした。

「妊娠されています。現在七週に入ったところですね」

産婦人科の先生に声をかけられて、私は頭が真っ白になってしまった。

妊娠している……？　私が？

自分の体に起きている状況が信じられなくて、いろいろな説明をされても頭に入ってこない。

ふらふらとした足取りで病院を出て、もらったエコーの写真を眺める。

この小さな丸が、赤ちゃん……？

確実にそこには命が芽吹いていて、お腹の中で生きている。信じられないけれど、直樹と私の赤ちゃんがここにいる。

どうしたらいいの？　産む？　産まない？　直樹に言うべき？

もし直樹に言ったら、何を言われるだろう。私たちはまだ学生で、自分たちの力で生活をしているわけではない。

そのうえ、彼のお母様からは『いずれは別れてほしい』と頼まれている。だから、そういうことには気をつけていたはずなのに……。

そんなふたりに赤ちゃんができたなんて……祝福されるわけがない。

最悪の場合を想像したら、息ができなくなりそうになる。せっかくできた赤ちゃんと別れるなど考えられない。

何日も悩み続けている間に、刻々と赤ちゃんは育っていく。つわりのような症状が出始めて、朝起きられないほど体がだるい。

直樹からのメールや電話も来ているのに、なかなか返せないでいる。もし今会ったら、妊娠したことを言ってしまいそう。

彼に言ってはいけない。迷惑をかけることになるし、それに万が一『赤ちゃんのことを諦めよう』と言われたら、私はきっとひどく傷つく。

産みたい。ふたりの赤ちゃんに会いたい。諦めたくない。

つわりで苦しい中、お腹の赤ちゃんへの思いは強くなっていくばかりだ。

でも直樹に迷惑をかけられない。彼の人生を狂わせてしまってはいけない。小野寺グループの未来を背負っている彼に、こんなことを言えるわけがない。

それなら私たち、今が別れ時なのかもしれない。

赤ちゃんを守るため、直樹と別れる。

まだ二十歳なのにちゃんと親になれるか不安で、押しつぶされそうになる。父親のいない子にしてしまって、寂しい思いをさせるかもしれない。

だけど……。

私は赤ちゃんを産みたい。好きな人の子どもを宿せたことに感謝して、大事に育てたい。

この子に全力で愛を注ぐ。どんなことがあっても、この子を守ってみせる。

そうして、私は直樹との別れを決心した。

数日後、直樹をカフェに呼び出し、話があると切り出した。

「どうしたの？　最近、連絡くれなかったから、心配していたんだ。アルバイトも休んでいたみたいだね」

「うん」

「顔色が悪いし……まだ風邪が治らない？　どこかいい病院を探そうか？」

心配そうな表情を浮かべる直樹は、どこまでも優しい。マメに連絡してくれて、それに返事しない私に対しても絶対に怒らない。むしろ私に何かあったのではないかと、心配ばかりしている。

そんな彼の優しさに胸を痛めて、俯いて目を合わせない卑怯《ひきょう》な私。

「あの……さ。別れてほしいんだ」

「え？」

「私、好きな人ができたの」

声が震えていることに、気づかれていないだろうか。

直樹を傷つけるような理由を探して『好きな人ができた』と言うことに決めた。曖昧なことを言ってしまっては、うまく別れられない。心変わりしたと言えば、どうすることもできないはず。これなら諦めてくれると思ったのだ。

「ちょっと……何、急に。どうしたの？」

「もう直樹のこと、好きじゃないんだよね。冷めちゃった……」

「友里……？」

急にそんなことを言い出すから、直樹の表情は強張り、動揺を隠せないようで目を泳がせている。

「ごめんなさい。別れてください」

テーブルに頭がつきそうなほど、私は深く頭を下げた。

本当は好き。別れたくない。

妊娠したんだと打ち明けて、喜ばれたい。そして『結婚しよう』と言ってほしい。

だけど、そんなの無理だよね。直樹の人生をめちゃくちゃにできない。

だからせめて……直樹からもらったこの命と共に、私は一生懸命に生きていく。

好きな気持ちは消えない。ずっと心に温めたまま、生きていきます。

「そんな……。俺、何か嫌われるようなことをした？　友里の嫌がるようなことをしてしまったなら直すから。お願いだから、そんなことを言わないで」

「ごめんなさい。直樹は悪くない。私が勝手に心変わりしてしまったの」

何度引き止められても、頑として答えを変えない私に、これ以上は止めても無理だと感じたのか、直樹は何も言わなくなった。

悲しい表情を浮かべる彼を見ていられなくて、私は先にカフェの席を立つ。このまま一緒にいたら、この決意が揺らいでしまう。そう思って早々に立ち去った。

大好きな人と別れてしまった喪失感。もう直樹と連絡を取り合うことはないし、電話越しに響く心地いい声も聞けない。

悲しくて寂しくてたまらない。別れたばかりなのに、もう会いたい。

零れ落ちる涙を何度も拭《ぬぐ》って、お腹に手を当てる。

――あなたがいるから、頑張る。

この先、どんなに寂しくても我慢できる。あなたがいるから、強くなれる。

赤ちゃんに語りかけるようにお腹を撫でて、家に帰った。


直樹と別れたあとは、母に事情を説明しなければならない。この話をどう受け止められるだろうかと不安だったけれど、私の心配をよそに、母は気丈に対応してくれた。

真剣な眼差しで、私のことをまっすぐに見据える。

聞かれて当然の内容の質問がひと通り終わったあと、母は最後の質問をしてきた。

「お腹の中の赤ちゃんは……好きな人の子で間違いないのね？」

「うん」

「そう。……わかった、産みなさい」

張りつめた空気の中、大反対されると思っていたのに、そう言われて驚いた。

母として、望まない相手との子どもなら反対しようと思っていたが、好きな人との子どもならば許してあげようと考えたらしい。

「相手がいなくても、産んで育てたいと思えるくらい好きだったのよね？　その覚悟ができるだけの想いだったってことね」

「……うん」

「なら応援する。友里はもう成人したし、自分のことは自分で決めなさい。私は何も言わない」

お母さん……。

母の優しさに涙が溢れる。こんな娘でごめんなさい、と心の中で何回も謝る。

絶対に叱られると思っていたし、最悪の場合、縁を切られてしまうのではないかと心配していた。

「友里が決めたことなら反対しない。だけど、ひとりで育てるのは並大抵のことじゃない。想像以上に大変だよ」

「わかってる」

じっと見つめられて、目を逸らさず見つめ返す。この決意が本気であることを伝えるために、逸らしてはいけないと感じた。

母が女手ひとつで育ててくれたので、その苦労はわかっているつもりだ。それを背負ってでも、この子を育てていきたい。

「私も、友里に大切な報告がある」

「え？」

「ずっと友達として付き合ってきた松岡くんとね、再婚したいと思っているの」

松岡さんは、古くからの母の友達だ。年に何度か私も一緒に食事をする仲だし、成人式のときにも会ったことを思い出す。

「友里が成人したのを区切りに、私も自分の気持ちに素直になろうと思ってね。それを言おうと考えてたら、友里が未婚の母になるって言うから、驚いたわ」

「お母さん……」

「松岡さんとお母さんと、友里と赤ちゃん。四人で新しい家族になろう」

出産してしばらくは四人で住むこと。そのあと、大学をちゃんと卒業し、就職して、子どもと共に自立した生活をすることが、産む条件だと言われた。それが守れるのなら、未婚の母として生きる娘のことを応援すると約束してくれた。

「ありがとう」

そうして私は椎名友里から、松岡友里になった。

それから……。

生まれたのは女の子で、名前は樹里と名づけた。直樹の〝樹〟と友里の〝里〟。安易だと思われるかもしれないけれど、父親がちゃんといたことを証明したくて、直樹の字をもらうことにした。

お父さんがいなくても、幸せにしてあげるから……。

すやすやと眠る小さな樹里を抱きしめて、何度もそう思う。私には樹里を守る責任がある。樹里がいるから頑張れる。

だけど……。

直樹に会いたくて、寂しくて、たまらないときがある。樹里の可愛い仕草を見たときや、初めて新しいことができたときに、真っ先に直樹に言いたいと思う。

――あなたと私の娘は、こんなに可愛いんだよ。

愛おしい気持ちが溢れて、幸せな気持ちにしてくれる存在を、直樹と分かち合いたくなる。

でももう振り返らない。私は前だけを向いて歩いていく。樹里と共に。

＊　＊　＊

コール音が鳴って、ハッと我に返る。

コンシェルジュカウンターで、ぼんやりと過去のことを思い出しているうちに、時間が経っていたみたいだ。近くにある電話機に、着信を知らせる音と点滅を確認して、急いで受話器を上げる。

「はい。コンシェルジュカウンター、松岡です」

『……椎名か？』

受話器越しに聞く、懐かしい低い声。昔の名字で呼ばれて、相手が直樹だと気づく。

「はい、そうです」

『そうか。結婚したんだったな。だから――』

「そうです。松岡になりました」

チクチクと胸が痛む。

本当は結婚なんてしていない。これは母が再婚したから、名字が変わっただけだ。

しかし直樹は私が結婚したと思っている。


実は直樹に別れ話をしたあと、何度か連絡が来て、復縁を持ちかけられていた。

『諦められない』『友里が好きなんだ』『もう一度やり直したい』と説得されたけれど、私はそれらを全て断った。しかし、なかなか諦めてもらえないので、義父になった松岡さんの力をやむなく借りることにした。

私たちが別れてから一ヵ月が経過した、五月の初め。少しでいいから時間を作ってほしいと直樹に言われ、会うことになった。

この辺りで会って、きっぱり断ちきらなくてはいけないと決断し、松岡さんに一緒に来てもらうことにした。待ち合わせの場所に現れた直樹は、私の隣に立つ松岡さんを怪訝《けげん》そうな目で見つめる。

『友里……その人は？』

ふたりきりで話をするものだと思っていたから、驚いたのだろう。動揺を含む彼の声を聞いて、私も声が震える。

『私、この人と結婚するの』

絞り出すような弱々しい声。口の中がカラカラで、うまく話せない。

椎名友里から松岡友里に変わった。それは紛れもない事実。母の結婚で変わったのだけど、そんなことは彼にはわからないだろう。

松岡さんと私が結婚したことにして、松岡さんの子どもを産んだことにすれば、直樹は諦めると思ったのだ。

『そんな……』

『もう私に連絡してこないで』

今、そのときのことを思い出して、古傷がズキズキと疼《うず》いている。直樹を傷つけた分、私も同じ傷を負った。

本当はずっとそばにいたいのに、それができない。そのうえ、嘘をついて傷つけた……。

受話器を持ったまま、静かになった私と直樹。

彼は先ほど言っていたクリーニングの件で、コンシェルジュカウンターに電話をかけてきたのだろうと思い、確かめることにする。

「小野寺様、いかがされましたか？」

『……クリーニングを頼みたい。たくさんあるから、部屋まで取りに来てもらっていいか？』

「かしこまりました」

これは仕事。ちゃんと割りきらなきゃ。

クリーニングの洋服を入れるキャスター付きのボックスを転がし、直樹が住む最上階のフロアへと向かう。

こういう依頼は多く、入居者の玄関ドアの前までこれを持って向かう。そして入れ終わったものを、カウンターの奥にあるクリーニングルームへ持っていき、クリーニング専門のスタッフに頼むという流れだ。

いつもの仕事なのに、今日はとても緊張していて落ち着かない。胸がうるさいほど鳴って、体にはじんわりと汗をかいている。

会ってはいけないのに、直樹に会える喜びと、また嘘をつかなければならない苦しみという複雑な感情が交ざり合って、まだ冷静になれない。

大きな音で鳴る鼓動を落ち着かせるように、胸に手を当てて深呼吸した。

「ふう……」

息を吐いたのと同時に、最上階フロアに到着したことを知らせるエレベーターのベルが鳴る。

ドアがゆっくりと開き、私は音をたてないよう静かにキャスターを転がし始めた。

「……よし」

震える指でインターホンを押す。しばらくして開錠されると、ドアが開いた。

そこにはお風呂上がりの濡《ぬ》れた髪をした直樹が、ルームウェアに身を包み、リラックスした格好で現れた。

こんな姿、初めて見た……かも。

昔、付き合っていた頃はお互いに実家住まいだったため、会うのは外ばかり。ラフな部屋着姿を見る機会はなかった。先ほどのスーツ姿は大人の男性の雰囲気が漂っていたけれど、今は髪のセットがなくなって、あどけなくなっている。

それは子どもっぽいわけじゃなくて……誰にでも見せるものではないプライベートな彼の姿に、ドキドキしていた。

「あの……クリーニングを取りにまいりました」

「サンキュ。今までクリーニングは別のところに依頼していたから、システムを知らないんだけど……ここに入れたらいいの？」

「……はい」

ボックスの蓋を開けて、ここに入れてくださいと説明する。妙に早口で、俯いてばかりで、明らかに挙動不審だと思う。

だめだ、緊張している。直樹を目の前にすると調子が狂ってしまう。

数年ぶりの再会。格好よさに磨きがかかっていて、直視できないほど素敵だ。

忘れようと思っていたはずなのに、現在進行形でまだ好きなんだってことを、まざまざと知らされてしまった。

私が離れて俯いている間に、クリーニングに出す服を全て入れ終わったようで、声をかけられる。

「じゃあ、よろしく。松岡さん」

「かしこまりました」

『松岡さん』と呼ばれた……。

明らかに他人行儀で、感情のこもっていない呼び方だ。

そのことにちょっと落ち込む。さっきまでは旧姓の椎名と呼ばれていたのに。

私たちの間に、越えることのできない壁を感じた瞬間だった。

「では、失礼します」

「待って」

え……？

呼び止められたことに驚いて顔を上げると、ボックスに添えていた左手を掴まれていた。

私の手に絡まる、大きくて太い指先。昔から変わらない男らしい手に驚いていると、彼がじっと私を見つめていることに気がついて、視線がぶつかる。

「あの……？」

「指輪、してないんだ？」

左薬指に触れられて、ハッとする。

「あ、えっと……そう、ですね。あの……」

「旦那に、指輪してって言われない？　俺だったら、奥さんに四六時中つけておいてほしいけど」

「う……」

何で言葉に詰まっちゃうの。ちゃんと答えなきゃ、怪しまれてしまう。でも、どう言おう？

『お互いに指輪をしない主義で』とか、『仕事中はしないの』とか。だけど仕事中以外で遭遇して、つけていなかったら、おかしいよね？

でも私、指輪を持っていないし、嘘をつき続けるために指輪を買うっていうのも変だし。……というか、そんなお金ないし。

「そう、いう……小野寺さんは、ご結婚などされていないのですか……？」

手を掴まれていることに気が動転して、質問に質問で返してしまった。

「どうだと思う？」

「どうって……」

あ、また質問で返された。

駆け引きみたいな会話に戸惑いつつも、直樹から目が離せない。挑発的な鋭い瞳に捕らえられて、うまく返事ができない。

結婚しているの？　この家に奥さんや子どもがいる……？　それとも結婚はまだで、恋人がいるとか。

ああ、これから直樹の部屋に訪問する女性がいたら、案内するのは私だ。それって……何というか……かなりつらい、かも。

「はは。何、その顔。……困らせた？」

私、どんな顔をしているんだろう。空いている右手で急いで頬を覆う。

「結婚しているわけがないだろう。まだ二十五歳だぜ。仕事が忙しくて、それどころじゃない」

「そうなんですね……」

正直なところ、内心ホッとしてしまった。直樹が他の人のものになったと知ったら、きっとひどく落ち込んでいたと予想する。

「指輪をしなくてもいいと思うほど、旦那は余裕があるんだな。確か、結構年上だったよな？」

握られた手の力が強くなって、ビクッと体を震わせる。

「そう……ですね」

母と同い年なので、義父は今、四十六歳だ。直樹に会わせたのは、義父が四十を少し過ぎたときだったはず。

「四十過ぎて、こんなに若い奥さんがもらえるなんて、男冥利に尽きるよ。羨ましいなぁ」

キリキリと、また胸が痛む。

これって、私、嫌味を言われて攻撃されてる？

何と返事をしていいかわからず、曖昧な笑みで返すしかなくなる。

「……ま、いいや。とにかく、クリーニングができたら、また電話して」

「いや。あの……」

クリーニングができ上がったら、部屋のドアノブに完了の札をかけることになっている。それを確認した入居者に、コンシェルジュカウンターまで取りに来てもらうシステムだ。

「電話、絶対かけろよ」

睨《にら》まれるように念押しをされて、『できません』という言葉を封じられてしまった。付き合っていたときにこんな言葉を投げかけられたことはなかったし、彼の口から命令形の言葉が出てくることに驚いた。

これ以上関わるのはよくないと思うのに、うまくかわせないのは、なぜ？

これからどうするの？　どうすればいいの……？

不安がひしめく心の中に、ざわざわと燻《くすぶ》っているものを感じる。それに気がつかないフリ、何も感じないフリをするしかない。

私と直樹の恋は、ずいぶん前に終わったことなのだから。

複雑な心［直樹ＳＩＤＥ］

——忘れられない女性がいる。

それは俺にとって苦い記憶。思い出したくないのに、ふとした瞬間に蘇ってくるから厄介だ。

小野寺直樹、二十五歳。上場企業を複数束ねる小野寺グループの創設者の玄孫で、現在は祖父が会長、父が社長を務めている。俺はその跡を継ぐべく、傘下の会社で仕事を学んでいる。

といっても、その会社の役員になっており、そこの社長の仕事を勉強しているところだ。社長は父の友人で、俺が本社の後継者だということを取っぱらっていろいろ容赦なく指摘してくれるから、とても助かっている。

その会社は主にアパレル系の流通関係を担っているので、今回は海外の工場の見学に、数日間出張していた。向こうを夜に出発して、到着したのが今朝。

まだ早朝の空港で、到着コンコースの横にある大きなガラス窓から、昇っていく太陽を見つめていた。

フライト中に見た夢に、昔の恋人が出てきた。

高校生の頃、初めて好きになった子は、別のクラスの物静かな女子だった。うちの学校は富裕層の子どもばかりで、いわゆるおぼっちゃん学校。親が何の職業かで、子どものランク分けがされる。

そういうのがくだらなくて、まったく意味のないものだと言っても、すでにでき上がっているシステムを崩すのは難しかった。

どんなやつでも平等にすればいいと思っていたし、地位や身分に興味のない俺は、そんなことばかりに気を取られているやつらを相手にしないようにしていた。

しかし俺の周りに群がるやつらは、親父の会社が大きいからとか、そういう理由ですり寄ってくる人間ばかりだった。女子とかは特にそう。

俺のことを見ているのか、俺の家のことを見ているのか疑問だった。彼女たちが言う『好き』はどういう意味があるのか。

告白されても誰の気持ちも受け入れず、自分から好きになれる子を探していた。

そんなときに出会ったのが、椎名友里だった。

俺たちのように裕福な感じじゃなく、一般家庭の子。普通科の女子たちみたいにブランド物の話や親の自慢などはせず、黙々と勉強をしている子だった。

たまに図書室で見かけるようになり、真剣に参考書を読んでいる姿に目を奪われた。

綺麗な瞳と、まっすぐに伸びた黒髪が美しく、芯の通った強さを感じる。

誰にも流されない凛《りん》とした雰囲気を纏うその姿に、一瞬で心惹《ひ》かれた。

どうしても仲良くなりたくて、突然呼び止めて『勉強を教えてほしい』と稚拙な誘いをしてしまい、我ながら恥ずかしく思う。

勉強を教えてほしいと乞うなんて、頭の悪い男だと幻滅されたかもしれない。

しかし、急に告白してＯＫをもらえるとも思えない。ここはゆっくり仲良くなっていくしかない。

焦らず、慎重に。

卒業するまで、放課後に一緒に勉強することはできたが、俺たちが恋人同士になることはなかった。

卒業したら告白する。そう決めたのに、高校という繋がりがなくなった瞬間、彼女は俺と会おうとしなかった。

彼女の家だと言っていたマンションの前で待ち伏せをしても、彼女の姿はない。

彼女が通う大学に行っても、人が多くて見つけられない。どうにかこうにか友達伝いに会いたいと考えても、俺の周りに特進クラスの友人はいなかった。

想いを伝えられないまま二年が経ち、同窓会でやっと再会を果たした。

今度こそ、絶対に告白しよう。今伝えなければ、一生後悔する。

会場の中に彼女の姿を見つけたのに、友達の輪の中から抜け出すタイミングが見つからない。

目を離している隙に帰ってしまった彼女を追いかける。ここ最近、こんなに全速力では走っていないと思う速度で、急いであとを追った。

『あのさ……椎名さん。今度、俺と一緒に食事に行ってくれないかな?』

地下鉄の駅の近くでやっと追いつき、話しかけることができた。

焦るな、俺。今は告白しても、まだ受け入れてもらえない。ちゃんと誠実に、順序よく進めなければ。

俺たちには、もう少し時間が必要だと思う。高校を卒業してから時間が経ってしまったため、仲のよさはリセットされた状態。彼女が抱いている不信感を拭い、俺がどういう人なのか知ってもらわないと。

そのうえで『好きだ』と伝えよう。

まずはデートを重ねる。離れていた時間を埋めるように、いろいろな話をして、俺のことを知ってもらう。そして、彼女のことも少しずつ知っていきたい。

それから俺たちは三回デートをした。

三回目のデートで決める。これ以上、先延ばしにしては男らしくない。決めるときはバシッと決めたい。

デートからの帰り道、告白をした。

心臓が飛び出しそうなほど緊張しながら、ストレートに想いをぶつける。いろいろな言葉で回りくどく言うのは嫌だった。

何年も温めてきた想いを伝えると、彼女は控えめに頷《うなず》き、『お付き合い……します』と言ってくれた。

心底嬉しかった。好きな人に気持ちを受け入れてもらえる喜びに溢れ、こんなに幸せなことがあるんだと胸が躍る。自分でも驚くくらいに高揚して、彼女を抱きしめていた。

小さくて細い彼女を包み込み、絶対に大事にすると誓う。

こんなに好きな人は、そう簡単には現れない。他の女の子じゃ代わりになれない。この気持ちは揺るぎないものだと確信し、恋人になった椎名友里を心から愛して、大切にした――のだが……。

彼女からの裏切りは、ある日突然訪れた。

付き合って数ヵ月経った頃から、友里の様子がおかしくなった。

メールの返信も遅くなるし、電話も出ないときがある。大学とアルバイトで忙しいのだろう、と咎めることはなかったが、何かあったのだろうかと心配していた。

もしかして……飽きられた、とか？　ちょっと避けられてる？

そう思うけれど、一緒にいる時間は変わりなく俺に甘えてくるし、恋人同士の仲のよさもあった気がする。スキンシップだって嫌がらなかった。

しかし離れると、距離を置こうとしているのかと思うよそよそしさを感じる。

忙しいだけだろうと言い聞かせて、男らしく大きく構えているべきだと考えていた矢先に『別れてください』と言われてしまった。

一方的に告げられた別れ話。理由は『他に好きな人ができた』だった。

幸せだった日々から、急に奈落の底に突き落とされたような感覚。嘘だと言ってほしい。俺に悪いところがあったのなら改めるから、考え直してほしいと何度お願いしただろう。

男らしく身を引くところかもしれない。だけど、そんな簡単な想いじゃない。母親に紹介するくらい大事な存在で、この先もずっと一緒にいたいと考えていたのに……。

どうして急に、こんなことになってしまったのだろう。

冷静になろうと時間を置いても、想いが消えることはなく……むしろ友里のことを失いたくない気持ちが膨らむばかり。

もう一度会って本心を伝えたい。しつこいと思われても、女々しいやつだと思われてもいい。チャンスが欲しい。

縋《すが》るように連絡を取り、再会したが、彼女と一緒に来たのは新しい恋人だという四十代らしき男性。

どうして……そんなやつを？

見た目は四十代にしてはおじさんっぽくないし、清潔感もある。しかし、やはり違和感を抱かずにはいられない。友里は、二十歳近く離れた男性と恋愛をするような子ではないはず。

しかも、その男性と結婚をするつもりなのだと言った。

俺と二股をかけていたのか？　そんなにもこの人のことを好きなのか？

友里の考えていることがわからなくなる。

もしかして今、目の前にいる友里こそが本当の彼女なのか？

俺が見ていた友里は、俺の創り出した理想を押しつけていただけ？

婚約者の男性を紹介されて、それ以上は何も言えなくなってしまった。俺は邪魔者でしかないことを知らされてしまったのだ。

幸せだった日々は何だったのか。あれも全部、嘘だったのか……。

それから俺の中にあった友里への想いは、形を変えていく。

俺は騙《だま》された。彼女に真剣な想いを弄ばれた。もう誰も信じない。本気で愛しても、全力で気持ちをぶつけても相手には伝わらない。恋愛など、所詮こんなものだ。

友里を見返せるくらい、いい男になってやる。仕事で成功し、上を目指す。

反骨精神で今まで以上に勉強に励み、それまでは興味がなかった父親の会社経営についても、積極的に学び始めた。

もう誰も信じない。もう誰も愛さない。

愛が憎しみになり、友里は思い出すたび不愉快な気持ちになる存在に変わった。

もう忘れたいのに、ふとした瞬間に蘇る。幸せだった日々と、最後の裏切りが――。

疲れた海外出張の帰りに、そんな元カノのことを思い出してしまうなんて最悪だ。

俺がこんなに友里に対して腹を立てていても、当の本人は今頃、俺のことなど忘れて幸せな生活を送っているだろう。

「くそ……」

もう何年も前のことなのに、いまだに縛られている。

いつまでも引きずっているなんて、情けない。

空港からタクシーに乗り、自宅マンションまで向かう。今日はこのまま休暇になるので、ゆっくりしよう。

疲れた体を座席に沈めて、到着までの時間を過ごした。

マンションの車寄せに到着し、運転手から荷物を受け取ると、中へと入っていく。

一年前から住んでいるこのマンションは、『エランコミュニケーションズ』という小野寺グループの傘下の会社が管理している。

厳重なセキュリティで、ホテルのようなコンシェルジュ対応があり、ジムやカフェ、バーまで併設されている高級マンションだ。

その最上階フロアに住み、悠々自適な独身生活を送っている。とはいえ仕事で忙しいので、週末以外は寝に帰るだけなのだが。

いつも通りエントランスに入り、コンシェルジュカウンターに視線を向けた。本当に何気なく、たまたまだった。

ひとりの女性がそこで仕事をしている。うちのマンションのコンシェルジュの制服に身を包んだ、黒髪の女性。長い髪を纏めており、きっちりとした印象。

俺が入ってきたことに気がついていないようで、パソコンに目を向けている。その顔が記憶とリンクする。

——椎名友里。

まさか。……いや、でも。

あの頃と違って化粧をしているので、大人っぽくなっているとはいえ、凛とした印象的な目は変わらない。頬の感じも、唇の形も、俺が知っている彼女だった。

どうしてここに？

なぜ俺のテリトリーの中に、お前がいるんだ。

そのままスルーはできず、気がつけば友里に声をかけていた。

「……どうしてお前がここにいるんだ？」

優しさなど併せ持っていない。強い口調で、責め立てるように問いつめる。

その俺の態度に戸惑う友里は、顔色を悪くする。

そうだよな。昔弄んだ相手が職場にいたなんて、驚くよな。

その困惑した顔を見たら、余計に腹が立つ。

被害者みたいな顔をするなよ。お前は加害者だろ？

「いろいろ話したいこともあるし、勝手に辞めるなよ」

これを機に、俺のトラウマに決着をつけよう。

なぜあのとき、俺と付き合ったのか。他に好きな男がいながら、俺と付き合っていたのか。どういうつもりで俺を弄んだのか。それを聞き出してやる。

友里の口から全てを聞けば、俺のこの苦しみに終わりが来るだろう。

ずっと抱えたままだった、友里への想い。真相を聞けば、納得して解放されるかもしれない。

とはいえ、長年苦しめられているせいで、仕返ししたい気持ちもあって……彼女に冷たい態度で接してしまう。

わざと困らせるようなことばかり言うのは、大人げない。

一旦友里と別れたあと、落ち着くため部屋に戻り、シャワーを浴びた。

縁「直樹SIDE」

久しぶりの友里との再会。

腹立たしい思いと同時に、美しいままの友里を見て高揚している俺がいる。

俺たちが付き合っていた頃より、落ち着きがあって、洗練された大人の女性になっていた。

頭からシャワーを浴びて、その高ぶった気持ちを冷まそうとするのに……全然収まらない。

悔しいけれど、友里は俺のタイプだ。高校の中に何百人と女子がいるのに、心を奪われたのは彼女だけだった。

クラスが違い、口をきいたこともない彼女にひと目惚《ぼ》れし、ずっと目で追いかけていた。

友里と別れたあとも、出会いは数えきれないほどあったけど……ここまで胸を熱くするような人は現れず、彼女を超える人はいなかった。

再会して、ものの数分しか話していないのに、友里の顔や仕草が脳に焼きついて離れない。

何度も何度も、繰り返し思い出してしまう俺が憎い。そう思わされている時点で、俺は友里に敵《かな》わないのだ。

はあ、と大きなため息をついてシャワーを止め、タオルで体を拭《ふ》き始めた。

「どうして再会したんだ……」

問いただしたいことはたくさんあるけれど、もう関わらないほうが身のためなのではと感じる。

それなのに俺は、部屋についている電話機でコンシェルジュカウンターに電話をかけていた。

「……クリーニングを頼みたい。たくさんあるから、部屋まで取りに来てもらっていいか?」

『かしこまりました』

電話越しの声が耳から離れないまま、時間が過ぎる。

憎い、あんなやつ好きじゃない、と思っているはずなのに、そわそわして落ち着かない。

しかし顔を合わせると、そんなふうに考えていることを知られたくなくて、彼女に対する態度を悪くしてしまった。

クリーニングに出すものを彼女が部屋に取りに来たとき、また意地悪な言葉ばかり投げてしまう。

「指輪、してないんだ？」

完全に余計なお世話だろ。別にしない夫婦だっているし、もしかしたら金属アレルギーでつけられないだけかもしれない。

していない理由をズバッと言い放って、俺の悪態を突き放したらいいのに、友里はしどろもどろな態度でなかなか返答をしない。

「旦那に、指輪してって言われない？　俺だったら、奥さんに四六時中つけておいてほしいけど」

俺だったら、指輪をしてほしい。俺のものだってわかるようにしておきたい。

友里の左薬指を見て、過去に『ここには、俺の贈った指輪をつけてほしい』と望んでいたことを思い出す。

折れてしまいそうなほど細い指。ネイルをしていないナチュラルな指先は荒れていて、家事をしていることが窺《うかが》える。

人妻に何をしているんだと思うのに、友里の手からなかなか目を離せない。

好きだからしているんじゃない。これは友里を困らせるためだ。仕返しをするためにこうしているだけ。

この行動に理由が必要だ。帳尻を合わせるように、そう考える。

そのあともわざと困らせることばかりを言って、返事を聞かずにドアを閉めた。

クリーニングが終わったら電話しろだなんて、無理難題を言う迷惑な入居者じゃないか。子どもみたいなことをして、呆《あき》れられているかもしれない。

そう思うのに、俺の行動は止まらなかった。


翌日、休みだった俺は、友里がいる時間を見計らい、コンシェルジュカウンターを越えた奥にあるカフェで仕事をしていた。ここからだと友里の姿が見える。

コンシェルジュは受付に立っているだけの仕事だと思っていたが、何百戸もある部屋の入居者の対応をしつつ、外部からの連絡を受けたり、新規入居者への案内をしたり、入居者だけが使えるバーやフリースペースの予約を取ったりと忙しそうだ。

中には外国人の対応もあるようで、流暢《りゅうちょう》に英語を話していた。

へえ、英語が話せるのか。もともと頭がいいのは知っていたけれど、ここまで堪能だとは思わなかったな。

なかなかいい仕事ぶりをしていて、見ていて気持ちいい。

って、何をしているんだ、俺は。

友里のいいところを見つけて喜んでいる場合ではない。目の前のノートパソコンに目線を戻して仕事をするけれど、ふとした瞬間にまた彼女を見ている。友里の姿が見当たらなくなると、どこに行ったのだろうと探してしまう。

まいったな……。

気持ちが再燃してしまうのではないかという恐れから、部屋に戻ろうと考える。部屋にいても友里の存在が気になるからここに来たのに、そばにいたらいたで集中できない。

立ち上がってエレベーターに乗ろうとボタンを押すと、友里が近くを通ったので、すかさず声をかける。

「お疲れ」

「……お疲れさま、です」

「また敬語。普通に話せよ」

敬語で話されると、距離を感じてイラつく。

俺たちは元恋人なんだから、今さらよそよそしくしなくてもいいだろう。それとも、過去のことを負い目に思って、そうしているのか？

「ごめんなさい。仕事中だし、他の入居者様に聞かれて、あなたとだけ親しくしているって思われたら困るの」

俺と親しくしたくないのかと思ったが、そうではないらしい。

何だ、そういうことか。

……あ、今、何でホッとしたんだ。ああ、もう。

何か話そうと頭の中で考えを巡らせた。そうだ、と切り出す。

「松岡さんって、子どもいるんだ？」

「え……」

「ママチャリで出勤してるよな？」

朝、近くのコンビニに買い物に出ていたら、チャイルドシート付きのママチャリに乗った友里を見かけた。制服のときにはわからなかったが、ラフと表現すればいいのか……ママなんだろうなと思わせる、身動きの取りやすそうな格好をしていた。

もともとオシャレに興味を示さない人ではあったし、シンプルでカジュアルな格好が似合うけど、今は着られるものなら何でもいいぐらいのものに見えた。

「子ども……います」

……ってことは、旦那とうまくいっているってことだよな。

「そうなんだ。いくつ？」

そこで友里の表情が硬くなった。目を見開いて、何かを考えているようだ。いきなり態度が急変したので不思議に思う。

「何？」

「い、いえ……。えっと……もうすぐ、二歳……ですかね」

「ふーん」

二歳か。身近に子どもがいないから、二歳がどのくらいの大きさなのか具体的にわからないけれど、二年前に友里はママになったのか、と漠然とイメージする。

ますます友里と旦那の間に入る隙がないことを思い知って、胸がチクリと痛む。

「子どもは、男の子？　それとも、女の子？」

「……女の子です」

友里が小さな女の子を連れているところを想像して、微笑ましく思う。友里に似た可愛い女の子なのだろうか。

「名前は？」

名前を聞いた瞬間、再び友里の顔色が変わる。明らかに言いたくなさそうで、目が泳いでいる。

俺に知られたくないのか？　別に、子どもの名前がわかったからって、何か危害を加えるわけでもないのに、警戒されてる？

過去にひどいことをしたと自覚があるから、仕返しをされるのではないかと恐れているのか。

「言いたくないなら、いい」

「ごめんなさい……」

そのまま彼女は本当に言わなかった。そこは『そんなことない』と続くところじゃないのか。

そこまで俺に言いたくないのか。嫌われたものだな……。そもそも最初から、俺のことを好きだったかどうかも怪しい。全て演技だった可能性だってある。

好きなのは俺だけだ。それはわかっていたはずなのに……拒まれていることを実感して傷ついている。

さらに傷つくのがわかっているのに、友里と離れていた間のことを聞きたくて、懲りもせず、顔を合わせるたびにいろいろなことを問いかけた。

いつ結婚したのか？　挙式はしたのか？　新居はどこだ？　一軒家住まいか、それともマンションか？

共働きをしているが、旦那の職業は何なのか？　友里が働かなければ生活が成り立たないような収入なのか？

そんな質問を投げかけるたび、友里は歯切れの悪い返事をする。俺が納得するような答えはもらえない。隠されるか、ごまかされる。

本当に旦那とうまくいっているのか？　それすら怪しい気がしてきた。

その辺りも俺に話す気などないだろう。わかっているのに、根掘り葉掘り質問してしまう。

今までの俺は、会社近くのカフェでしばらく過ごしてから出社するため、早朝に家を出て、夜遅くに帰ってくる生活スタイルだった。しかし最近では九時頃に家を出るようにして、必ず友里の顔を見てから仕事に行くようになった。

うちの会社はフレックスタイム制なので問題ないが、毎日顔を合わせるようになって、友里はどう思っているのだろう……。

今日もスーツに身を包んだ俺は、ビジネスバッグを持って玄関を出る。エレベーターを待ち、到着するなりすぐに乗り込んだ。

一階で降りると、コンシェルジュカウンターが、エントランスの近くにあるのだが……。

その前に、ひとりの男性が立っている。白いニットにベージュのタイトなパンツを合わせたラフな格好をしていて、ここの入居者だろうと考えられる。

髪はミディアムくらいの長さで、金色。一見、会社勤めをしているようには思えないので、仕事をせずとも裕福なのか、クリエイティブな仕事をしている人ではないかと予想する。

厳正な審査があるので、一般人ではここに入居できない。ある程度の収入ランクの人間であることは間違いない。

近づいていくと、友里とその男の会話が聞こえてくる。

「ねえ、松岡さん。連絡先を教えたのに全然連絡をくれないね」

「申し訳ございません。入居者様と個人的に連絡を取り合うことは、禁止されておりますので……」

「じゃあ、今度一緒にランチしようよ。僕、松岡さんの休憩時間に合わせて下りてくるから。近くのカフェに行こう」

「それもできないんです。見つかれば処罰されます」

「それなら、見つからないように食事しようよ。僕の部屋で」

友里が明らかに嫌がっているのに、この男はそんなこともわからないのか。

ふたりに近づき、俺は間を割って話しかける。

「……お話し中、失礼します。上階のバーの貸し切り予約をしたいのですが、よろしいですか？」

「あ、はい！　かしこまりました」

特に用もない男に口説かれている友里を救うため、咄嗟に嘘をついたのだが、予想以上に反応がよかった。うまく彼女を助けられたかもしれない。

「お日にちは、いつにされますか？」

「金曜日にお願いします。夜の七時頃、友人たちと軽めのパーティーをしたいと思っています。こちらの収容人数って何人くらいですか？」

「ええと――」

男はしばらく俺たちのやり取りを見ていたが、なかなか終わらないので、そのまま立ち去っていった。その姿を見送り、俺たちは嘘の会話をやめる。

「……厄介なやつもいるんだな」

「助けてくださって、ありがとうございます」

「別に助けたつもりはない。見ていて不快だったからだ」

友里が他の男に言い寄られていて、うまくかわせていないことに腹が立った。

他人行儀な口調がいちいち気に障るが、頭を下げてお礼をする友里を見ていると、少しは役に立てたのかなと感じる。

しかし、助けたのだと思われたくなくて、そっけない態度を取った。

「あんなふうに、よく口説かれるのか？」

「単なる時間潰しだと思います。挨拶代わりの冗談というか……」

いや、違う。あの男は本気で友里を口説こうとしていたじゃないか。それを冗談と受け取るなんて……もっと警戒したほうがいい。

「ちゃんと既婚者だって言ってるのかよ？」

「ええ。子どももいると伝えているのですが、あまり関係ないみたいです。からかわれているんでしょうね」

はあ、とため息をついて友里の顔を見据える。

確かに友里は可愛い。『綺麗』と『可愛い』を、うまい具合に融合した感じで、子どもがいるようには見えない。

きっちりとした制服もよく似合っていて、清潔感と聡明《そうめい》な雰囲気が漂っている。こういう女性を好む男性は多いだろう。

今回は俺が通りかかったからよかったものの、ひとりのときにうまく対処できるのか心配になってくる。

「あのな、もっと気をつけろ。世の中には変な男が多いんだから」

「……ありがとうございます」

友里の頬が、ふわっと赤に染まる。少し恥ずかしそうに俯くなんて思ってもみなかったから、驚いた。

「じゃあな、俺は行く」

「いってらっしゃいませ」

仕事上の挨拶の『いってらっしゃい』なのに、友里に言われると胸が高鳴る。引きしまった気持ちになって、今日も仕事を頑張ろうと感じられる。

あー、何なんだ、これは。

友里のことを恨んでいたはずじゃないか。俺を弄んだ悪女だと思っていたはずなのに、言葉を交わすたび彼女に惹かれていく。

友里のことを憎んでいたのは、好きになってもらえなかった悲しさや、やるせなさゆえの八つ当たりだったのだと気づく。

俺は友里に愛されたいだけなのだ。高校時代から変わらず、彼女のことを想い続けている。

不毛な片想いだとわかっているのに、自分の力ではどうしようもできない。強く反発しようとしても、友里のことばかり考えている。関わらないようにしようと思っても、放っておけない。

でも、あの男と同類になってはいけない。友里に迷惑をかけて嫌われるくらいなら、この想いを押し殺そう。友里は既婚者だ。どうしようもできない。

不倫をして略奪することはできない。子どもを不幸にしてしまうのは絶対にだめだ。

好きだけど、好きな気持ちは伝えない。

俺たちに縁はなかった――。

ただ、そう思って諦めるしかない。

募る想い

天野《あまの》さんは、十六階に住む入居者だ。

細身の長身で、金髪で目が隠れるくらいまで前髪がある。その前髪の隙間から見える涼しげな目は、私を見つめるときも感情が読めない。

年齢は三十歳。会社勤めをしておらず、株やFXなどのデイトレードで生活をしているらしい。

買い物や用事で外に出るのは週に一日くらいで、それ以外はほぼ一日中、家にこもっている人だ。彼が外出するときに必ず声をかけてくるようになったのは、一ヵ月ほど前から。

最初に引っ越してきたときは、私を視界に入れようとしなかったのに、顔を合わせる回数が増えていくにつれて、見つめられるようになった。

いつもコンシェルジュカウンター越しにじっと視線を送ってから、何も言わずに歩き出す。

吟味するように私を見つめていく姿に戸惑っていたけれど、次第に慣れた私は、笑顔で挨拶をするように心がけた。

入居者に挨拶をするのは当然のこと。常に気持ちよく過ごしてもらえるように、努めないといけない。

ある日会ったときに、恋人はいるのかと質問されたので、『結婚していて子どもがいます』と伝えた。にもかかわらず、連絡先を強引に渡されてしまった。

入居者と個人的に連絡を取ることは禁止されているし、規約違反になるので困る、とストレートに伝えたのだけど……。

彼の行動が止まることはなく、頻繁に会いに来るようになってしまった。

「ねえ、松岡さん。この前のあの男、誰なの？」

「え……？」

先日、天野さんに話しかけられて困っていたところを直樹が助けてくれた。あのときは天野さんに食事に行こうと誘われていたので、助け船を出してもらえて、とても助かった。

「あの方は、入居者様です」

「本当にそれだけ？　何だか……仲良さげな気がしたよ」

「そんなことはありません」

「ふうん……」

あまり納得していないような返事をして、私の顔をじっと見つめてくる。

前までこんなふうに他人の顔など見なかったのに、天野さんは人が変わったようだ。

「明らかに嫉妬していたよね、あいつ」

「え……?」

「ううん、何でもない。じゃあね」

ひらひらと手を振って、天野さんは外へと出ていった。

あのとき直樹が来てくれて、心の底から感謝した。私のことを助けるために声をかけたわけじゃないと言っていたけれど、それは嘘だと思う。

意地悪な態度ばかり取ってくるけれど、直樹の行動や言葉の節々に、昔と変わらない優しさを感じる。

それを悟られまいと、わざと冷たくしているような……。

私のことは嫌いでも、心優しい直樹は放っておけないのだろう。

顔を合わせるたびに、彼はいろいろな質問をしてくる。先日は娘のことを聞かれた。

何歳かと聞かれて、本当の年齢を言えなかった。

もし四歳だと答えてしまえば、娘が直樹の子どもじゃないかと疑われる。

それから名前も。樹里だと答えて、漢字を知られたら——。

漢字から悟られてしまうかもしれない。だから言えなかった。

感じが悪かったよね。絶対に嫌な女だと思われたに違いない。これ以上嫌われたくないのに……。

直樹がここに住んでいると知ってから、毎日顔を合わせるようになって、やっぱり私は彼のことが好きなんだと感じる。

好きだけど言えない。

本当は結婚なんてしていない。あなたのことがずっと好きなのだと言いたい。

でもできない。嘘をつかなければならないつらさを抱えて、毎日仕事をしている。

直樹には辞めるなと言われているものの、異動願いを出そうかと思い始めていた。

雨の日の君［直樹ＳＩＤＥ］

翌週。有給消化ということで、俺は平日に休みを取ることになった。抱えていた仕事も全て片付いたので、今日はゆっくりしようと思っていた。

朝、空腹なので何か食べようと冷蔵庫を開ける。しかし中にはミネラルウォーター一本と、いただき物のチーズしか入っていない。

男のひとり暮らしなんて、こんなものだよなと虚《むな》しく思いながら、外食をするか、食料を買いに行かなければならないと考え、コンビニに行くことに決めた。

外を見てみると、あいにくの雨。しかも強い。地面を叩《たた》きつけるような強さの雨を見て、気持ちが萎えた。

ひどい雨だな……。仕方ない。面倒くさいけど、行くか。


ここから徒歩五分くらいのところにあるコンビニに行くために、マンションのエントランスを出て傘を差そうとしていると、びしょ濡れになりながら自転車に乗っている友里を見つけた。

「何だ、あれ……」

レインコートを着ているとはいえ、髪も顔も雨で濡れている。かわいそうなほどびしゃびしゃになっていた。

何で雨の日なのに、自転車に乗っているんだよ。こんな日は旦那に送ってもらえばいいのに。

子どもがいる家族なら車くらい所有しているだろう。出社する時間が早くて、家にいない……とか？　もしくは、不規則な時間の勤務なのか？

俺なら、友里をこんな雨の日に自転車で行かせたりしない。

自転車に乗る友里を見ていると、マンションの近くまで来たところで、マンホールの上で自転車をスリップさせてしまったようで転倒した。

「あ……っ！」

激しく転倒した友里は地面に荷物をぶちまけ、自転車の下敷きになった。その様子を見て、いても立ってもいられなくなってしまい、急いで駆け寄る。

「大丈夫か⁉」

「……いたたた。すみませ……あ、小野寺くん」

いつも『小野寺様』や『小野寺さん』と呼ばれていたはずなのに、『くん』付けで呼ばれて胸が跳ねる。顔には出さないが、たったそれだけのことで過剰に反応してしまうのが悔しい。

そんなことよりも、倒れたままの友里に手を差し出して起き上がらせる。それから傘を渡して、転倒している自転車を起こした。

「小野寺くん、ごめん。私のことはいいよ、濡れちゃう」

「いいから、貸せ」

散らばったバッグの中身を拾う。俺の傘を持った友里は、慌てて俺に傘を差した。

「ごめんね」

「気にするな。それより怪我はしてないか？」

「うん。大丈夫」

しばらくの沈黙。

もうこれで会話を終わらせればいいのに、勝手に口が動いてしまう。

「何でこんな雨の日に自転車に乗るんだ。危ないだろ」

「……うん」

「旦那は送ってくれないのか？」

何か理由があるのかもしれないと考えつつも、思いやりの感じられない旦那に腹を立てて、思わず友里に聞いてしまった。

「そう……だね。今度はお願いしてみようかな」

すると、いつものように歯切れの悪い返事。

俺だったらお願いされなくても送ってやるのに。こんな雨の中、びしょ濡れになんてさせない。

友里の濡れた髪からしたたる雨を見て、そんなことを考えていた。

その男といて、本当に幸せなのか？　そう聞いてしまいそうになるが、言わずに自分の中に留める。

こんなことを尋ねて何になる？　もし幸せだと聞いたら、嫉妬するに決まっている。

逆に幸せじゃないと聞いたら……。

その男から奪いたいと思うのか？

冷静になろうと、ふう、とため息をついた。

「ちゃんと乾かせよ。風邪ひくぞ」

立ちつくす友里に背を向けて、マンションの中に戻ろうと歩き出した。

「あの……っ、傘！」

「やるよ」

「でも！」

「いらないなら、捨てていいから」

友里のことなんて、好きじゃない。もう終わったことだ。そう言い聞かせるのに、いつまでも彼女のことを考えている。

不毛な恋に身を焦がすなんてバカバカしいと思う反面、強く惹かれていることは事実。結婚している女性を好きになるなんて、あり得ない。

今まで散々、女性といい雰囲気になっても、その気になれなかった。どうして友里にだけ、こんなに――。

そのあとは、考えるのをやめた。

この気持ちは抑圧することはできない。どれだけ彼女を拒んで冷たくしようとしても、気になってしまう。心は思い通りにならないのだ。

友里が好きだ。今でも変わらず彼女を愛している。正直に認めざるを得ない。

そして諦めるしかない。

どれだけ求めても、友里が俺の恋人に戻ることはないのだ。

ヒーローみたいな彼

数日後。雨の中、自転車で出勤した日の夜からだんだん私の体調は悪くなり、今日も喉や体の節々が痛む。

これから熱が上がるような気がしてならないけれど、三日前から樹里も熱を出して、お休みをもらってしまった。他のスタッフに迷惑がかかっているので、これ以上は休めない。

回復した樹里を保育園に預けたあと、職場に向かって、マスクをしてカウンターに立つ。

休んでいた間にあったことを把握するため、日報に目を通す。来月初めに新しい入居者が入ることや、エレベーターの点検に業者が来ることなどが書いてあった。

昼になって休憩を取っても、体のしんどさは収まることがなく、食欲もない。

あと四時間ほど頑張れば、今日の勤務時間は終わる。

休憩室の時計を見て、ふう、と大きく息を吐く。そして立ち上がり、再びコンシェルジュカウンターに戻った。

しばらくして、ぐらりと視界が揺れる。息が上がって、立っていられないほどつらい。もしかして、熱が出てきたのかも……。

「どうしたんだ?」

この声……は、直樹?

カウンターの中まで入ってきた人物は、私の体を支えて抱き寄せた。

「熱い……。こんなに熱があるのに、休まないのはどういうつもりだ?」

怒ったような口調だけど、これはきっと心配して言ってくれているのだと気づく。

うっすらと目を開くと、眉根を寄せて心配そうに私を見つめる直樹がいた。

どうして直樹がここに?

私服の直樹を見て、今日は休みなのかと気づく。だからこんな時間に、ここにいるんだ……。

「……だ、いじょうぶ」

「大丈夫なわけないだろう。すぐ会社に連絡してやる。お前は奥で休むんだ」

「だめ……休め、ない……」

樹里のために休みをもらったばかりだ。子どもの都合でシフトを調整してもらうことが多いのに、自分の不調で休むなどできない。

この先だって、いつ樹里が体調を崩して休むかわからないから、それ以外のことでは休まないと決めている。だから……。

「バカなことを言うな。お前が倒れたら、子どもの面倒は誰が見るんだ。まあ……旦那が協力するとは思うけど……。母親の元気がなければ、子どもが心配するだろう」

「小野寺くん……」

この前の雨の日以来、私は直樹のことを『小野寺くん』と呼んでしまっている。あのときは咄嗟に高校時代の癖が出て、勢いで呼んでしまったのだった。

昔みたいに彼のことを『小野寺くん』と呼んだら、離れていた時間が縮まったような気がして嬉しくなった。

たったそれだけのことなのに、胸が温かくなる。

「聞いているか？」

「あ……うん」

なかなか返事をしない私に、もう一度直樹が声をかけた。

――お前が倒れたら、子どもの面倒は誰が見るんだ。

直樹の言う通りだ。もし私が倒れてしまったら、樹里の面倒を見る人がいなくなる。

意地を張らず、早めに帰って休むほうがいいのかもしれない。

　考え事をしていて返事をためらっていると、直樹は体をかがめて、私の膝の裏に腕を回す。そして私を持ち上げて、お姫様抱っこをした。

「ちょ……っ、小野寺くん⁉　だめ、こんなの」

「いいから、奥に行くぞ」

　軽々と持ち上げる直樹に戸惑っている間に、奥にあるスタッフルームへ連れ去られる。私の体は、その中にある四人がけのソファに下ろされた。

「ここで待ってろ」

「あ……！」

　私を寝かせて踵《きびす》を返した直樹は、スマホを取り出し、どこかに電話をし始める。

「お久しぶりです、小野寺です。そちらに倉田《くらた》さんはいらっしゃいますか？」

　いったいどこに電話をしているのだろう？

　また助けてもらってしまったな。直樹って、どうしていつも私がピンチのときに助けてくれるんだろう。まるでヒーローだ。

　朦朧《もうろう》としつつ考えていると、熱のせいで意識が遠のく。

　こうして横になりたかったのだと、体が言っているみたい。どんどん力が抜けて、ソファに沈んでいく。

そして次に目を覚ましたときには、直樹の電話はとっくに終わっていたようで、私のすぐそばでスマホを使って何か調べていた。

「……小野寺くん」

「あ、起きたか。だいぶ熱が高いから送っていくよ。エランコミュニケーションズにも代わりのスタッフの要請をしておいたから、心配しなくていい」

私が眠っていた間に、その手配をしてくれていたのかと驚く。

でもどうして？　直樹がなぜ、うちの会社にそのような連絡を入れられるのだろう。

「あの……どうして……そんなことができたの？」

「お前……まさか、知らないのか？　エランコミュニケーションズは、一年前からうちの傘下の会社になったんだ。俺は仮にも、小野寺グループ本社の社長の息子だ。それくらいはできる」

エランコミュニケーションズが、小野寺グループの会社になっていたなんて。就職活動をする際、小野寺グループに関係のある企業は避けていたのに、いつの間にそんなことに……。

合併などの話があったとしても、毎日が忙しすぎて、そんな話はスルーしていたのかもしれない。

「俺は会社全体を任されているわけじゃないから、まだまだなんだけどな」

「そんなこと……」

御曹司だからといって、親に頼りきっている感じはしない。どんな働きをしているか詳しくは知らないけれど、現在の直樹を見る限り、社会人として一生懸命に仕事をしているように思える。

「とにかく、送っていくよ。俺の車に乗れ」

「ううん、それは大丈夫。自転車も置いて帰れないし……」

「バカ！　そんなに熱があるのに自転車を運転して、事故でも起こしたらどうするんだ。冗談もいい加減にしろ」

強い口調で怒られて体を縮こませる。直樹の言うことが正論で、何も言い返せない。

「いいから俺に甘えておけ。お前は病人だろ」

「……うん。ありがとう」

直樹が車を玄関に回しに向かっている間、服を着替えて帰る準備をする。体に力が入らなくてなかなか進まないけれど、やっと支度ができた頃、彼がスタッフルームまで迎えに来てくれた。

「さ、乗って」

支えられながら助手席にエスコートされる。普段の口調は強いのに、行動はとても優しい。

高級車の助手席は二度目だ。昔、初めてのデートのときに乗せてもらって以来。座り心地のいい席に腰を沈めると、彼は動けずにいる私にシートベルトをしてくれる。その瞬間、顔と顔が近づいて目が合った。

奥二重の目に、高い鼻、形のいい唇が間近にあって、思わず見とれてしまう。

やっぱり直樹は格好いい。年を重ねて、より素敵な男性になった。

こんなに魅力的な人のことを、誰も放っておかないよね。きっと恋人がいるんだろうな……。

私と別れたあと、直樹はどんな人と付き合ったんだろう？　今は、どんな人と付き合ってる？

聞きたいけれど、聞きたくない。嫉妬して悲しむことが想像つくから。

そんなことを考えて、じっと見つめていると、直樹はおもむろに目を逸らした。

「そんなに見るなよ」

「……ごめん」

嫌がられたかな……。

でも、こんなに近くで彼を見られることは、この先ないかもしれない。そう思ったら、今のうちに見ておきたかった。

あーもう、未練タラタラで嫌になる。

一緒にいると、どうしても気持ちが持っていかれそうになってしまうから困る。

運転席に乗った直樹は、エンジンをかけて車を発進させた。

「とりあえず保育園だよな」

「うん。でも、園の前までで大丈夫。そこからは歩いて帰るから」

樹里とあなたを会わせることはできない。もし直樹の子だと気がつかれたら、今までの私の努力が無駄になってしまう。

「もういい。遠慮するな。今日は俺の言うことを聞くんだ」

「だけど……」

何度だめだと言っても聞き入れてもらえず、そうこうしている間に、保育園の前に到着してしまった。

「着いたぞ。体がつらいなら俺が代理で行こうか？」

「ううん、私が行く」

どうしよう、と心が決まらないまま、マスクをして園内に入る。園児用帽子を目深にかぶらせて、顔を見せないようにすればいけるのではないかと考える。そしてすぐに後部座席に乗れば……何とか乗りきれる気がする。

あまり頭が回っていない状態で、樹里を連れて園の外に出ると、車から降りて私たちのことを待っている直樹の姿が見えた。

「ママ……あのひと、だあれ？」

「え……っと、知り合いのお兄さんだよ」

「もしかして……かれし？」

「ええっ？」

樹里からそんな言葉を聞いて驚いた。

彼氏なんて言葉、いつ覚えたの？

「そんなわけないでしょ」

「そうかな……。じゃあ、パパ？」

違う、絶対に違うと否定しても、樹里には響いていない様子で、直樹に興味津々《しんしん》みたい。一歩ずつ近づいていくたびに、胸を躍らせているのか、私の手を離して走り出そうとする。

「だめ、先に行かないで」

「いきたい！」

力が入らない手を振りはらわれてしまい、樹里は直樹のほうへ走り出した。そして彼の足元へ近づくと、ぎゅっと抱きつき、顔を上げて直樹を見つめる。

「こんにちは！　じゅりだよ」

「じゅり……ちゃん？」

帽子をかぶらせていたのに、上を向いたせいで、はらりと地面に落ちる。ふたつくくりにした髪も、短い前髪も、直樹にそっくりな顔も見られてしまった。

「じゅりね、よんさいなんだよ。おねえさんでしょ？」

「四歳……」

何もかもがバレてしまう。そう思うのに、瞬発力が欠けた私の今の体では、すぐに近づくこともできない。

「あなたのおなまえは？」

「……俺は、小野寺直樹」

「ママの、かれし？」

それ以上は余計なことを言わないで、と力を振り絞って駆け寄る。

「おかしなことを言わないの！　小野寺くん、ごめんね。子どもの言うことだから、気にしないで」

「かれしじゃないなら、パパ？」

「樹里ってば！」

樹里を黙らせようとするけれど、それを振りはらって話を続ける。

「じゅりちゃん、パパはいるだろ？」

「……いないよ。ママだけ」

樹里の発言にヒヤリとする。すぐに否定しないと！

「そ、そんなことないでしょ。パパ、いるじゃない」

「いないってば。ママ、うそつかないで」

慌ててフォローしても、樹里はいないと言いきる。樹里が正しいので、嘘をついているのは私のほう……。何とも言えない複雑な気持ちになる。

「出張に行ってばかりだから、いないと思ったのね。小野寺くん、変なことを聞かせてしまってごめんなさい」

「いや、いいんだ。さあ、じゅりちゃん。おうちまで送ってあげるから、車に乗って」

「わあーっ、すごいくるま！」

見たことのない高級な車に興奮する樹里をチャイルドシートに乗せ、私も隣に乗り込んだ。この車に不釣り合いなチャイルドシートを見て、モヤモヤした気持ちになる。

樹里を迎えに行くことになり、コンシェルジュカウンターから、入居者への貸し出し用のチャイルドシートを持ってきたのだ。

そもそもこれは夜勤のスタッフが、子どもが大きくなったため、もう使わないからと持ってきたものだった。それをまさか、自分が使う日が来るなんて……。

初めてチャイルドシートに乗った樹里は、嬉しそうに足をバタバタさせて窓の外を見ていた。


これ以上会話をしてボロを出すことは避けなければ、と思っていたのに、私たちの自宅アパートに着いたとき、最悪な事態になってしまった。

下車して早々に立ち去ろうとしていたものの、アパートの前に義父がいることに気づいたのだ。

「じぃじ！」

義父を見つけた途端、樹里が駆け寄り、そう呼んだ。

もうだめだ……。

私の背後に立っている直樹の顔を見られない。

昔、義父のことを直樹に紹介し、『この人と結婚するの』と嘘をついたのに、樹里が『じぃじ』と呼んでしまったことで、私の夫でないことがバレてしまった。

どう言い訳をしていいか頭が回らず、目の前で義父と樹里が一緒にいるところを眺めるしかできない。

「友里ちゃん！」

義父がこちらに気がつき、私を呼ぶ。彼は、母と一緒に温泉旅行に行ってきて、そのお土産《みやげ》をドアの前に置いて帰ろうとしていたみたいだ。

「ママ、じぃじが、ばぁばと、おんせんにいったんだってー。おんせんって、なあに？」

この会話で、全て知られてしまっただろう。

松岡さんは私の母の再婚相手だってこと。そして樹里は私の子どもだけど、父親は松岡さんじゃない。

では、誰の子か。

二歳だと言っていたけれど、本当は四歳。逆算していけば、おのずと答えが見えてくるに違いない。

背中に冷や汗をかきながら、何も言えずにいると、そっと肩に手を添えられた。

「今日は早く寝たほうがいい。中まで送ろうか？」

「……ううん、大丈夫」

「治ったら、俺とふたりきりで会う時間を作ってほしい。……いいだろ？」

ここまでしてもらっておいて『できない』とは言えない。それに、この状況を説明しなければ直樹は納得しないだろう。

今ここで問いただされなかっただけ、よかったと思うしかない。

「……わかった。今日はありがとう」

「うん、お大事に。無理はしないように。何か助けが必要なら、いつでも連絡して」

そう言って直樹はさっと名刺を差し出し、力のない私の手に握らせた。

有名企業の名前と役職が書かれた名刺には、彼の携帯番号も記されていた。

樹里のこと

それから二日間、熱に浮かされることになり、完全に復活できたのは早退した日から四日後のことだった。

——治ったら、俺とふたりきりで会う時間を作ってほしい。

直樹にそう言われてから、どうすればいいのかずっと悩んでいた。

嘘に嘘を重ねるのも限界だ。正直に話してもいいのかな。

もし樹里が直樹の子どもだとバレたなら、今のような生活を送れなくなってしまうのではないだろうかと、不安がよぎる。

直樹はまだ独身だと言っていた。でも彼女がいるかもしれない。それなのに子どもがいたと発覚したら、ふたりの仲を壊してしまう恐れがある。

仮に恋人がいないとしても、これから結婚するのに隠し子がいたとわかったら、直樹の幸せさえ奪いかねない。

相手に黙って出産するなど、身勝手なことをしてしまったのだと、身をもって知る。

怒られて当然……だよね。

彼の家はいろいろな権力を持っているはずで、私や樹里を彼の前から消すことなど簡単だろう。

あとは彼の判断に任せよう。なるようにしかならないし、何が起きても私は樹里を全力で守る。……それだけだ。

約束の時間は二時。私の休憩時間に、近くのカフェで落ち合うことにした。

本来なら、入居者とこんなふうに会うことは禁止されているけれど、今回はやむを得ない。

樹里がいるので夜も休日も外出は不可能だし、昼間の隙間時間ぐらいしか自由な時間がない。

私がカフェに到着すると、すでに直樹は窓際の席に座って待っていた。彼の前には湯気の立っていないコーヒーが置かれている。

待たせたのかも、と急いで駆け寄る。

「……お待たせしました」

「おう」

直樹の向かいに座ると、店員さんが私に気がつき、オーダーを聞きに来る。

とりあえず彼と同じものを頼むと、店員さんはとびきりの笑顔を振りまいて、私たちのもとから離れた。

ああ、気まずい。

店員さんがいなくなってから、しばらく沈黙が続く。

さっきからずっと憂いのある表情で窓の外を見ている直樹に、何と話しかけていいものか悩んでいる。

どう切り出せばいいのか……。

「……もう体調は大丈夫なのか？」

「はい。この間はありがとうございました。おかげで、もうすっかりよくなりました」

「敬語はやめろ。今は仕事中じゃないだろ」

「あ……。うん」

そう指摘されて、しゅんと肩を落とす。

「で、どこから話を聞けばいい？」

「どこから、って……」

妊娠したこと？　結婚するって言っていたのに、実はあれは義父だったこと？

どの辺りから話せばいいのか考えていると、再び直樹が口を開く。

「嘘はつかないで、全部正直に話してほしい。俺は君の生活を壊そうとしたり、危害を加えたりしないから安心してくれ」

「うん……」

いつもは『お前』と呼ばれていたのに、『君』に変わっていることに気づく。彼の言葉が柔らかくなっていることに、無意識に喜んでしまった。

とはいえ、身を縮めて緊張していると、直樹に「リラックスしてよ」と苦笑される。久しぶりに直樹の笑顔を見た……といっても、苦笑いだけど。

その笑顔が懐かしくて、緊張が解ける。そのタイミングで店員さんがコーヒーを届けてくれて、場も少し和む。

「一番気になっていることより前に、ちょっと聞いてもいい？」

「……何？」

「俺たちが付き合ってたとき、俺のこと、ちゃんと好きだった？」

思わず、『そこから聞くの？』と口を滑らせそうになった。

いや、でも、私が今までやってきたことを思い返すと、そう疑われても仕方ないかもしれない。

「うん、ちゃんと好きだったよ。それは間違いない」

確かに初めての恋愛だったし、考えも何もかも若かった。

好きっていう感情も幼かったかもしれないし、恋に恋をしていたのでは？と聞かれたら、そうかもしれない。

だけど初恋で、大好きな人と両想いになれて、付き合えた。一番近くにいた男性は直樹だったし、一緒に過ごした時間はかけがえのないものだった。

何もかも直樹が初めてで、ふたりでいる時間が楽しくて。キラキラと輝いていた、幸せな日々。

直樹のことを本気で好きじゃなきゃ、ひとりで子どもを産んで育てようとは決意しない。好きな人の子どもだから、絶対に産みたいって思った。

「じゃあ、何で別れようと思ったんだ？　俺のこと、飽きたから？」

「ううん。それは違う」

「だったら、何で」

すうっと息を吸い込んで、覚悟を決める。ちゃんと話さなきゃ……。

「実は――」

直樹のお母様にふたりは結婚できないと告げられたこと。そのあと別れようと思いつつも、直樹と一緒にいたくて別れられなかったこと。それから、妊娠が発覚したこと――。

それらを話し終えると、直樹は絶句して私を見つめていた。

「母さんが、そんなことを……」

「お母様を責めないで。そういう家なのだと教えてくださっただけ。私たちのことを反対していたわけではないの。いずれそういうときが来ることを事前に教えてくれたのよ」

小野寺家は一般家庭ではない。それは最初からわかっていたことだし、私たちに忠告をしなければならなかったお母様の心中を察すると、胸が痛む。

「勝手に決めてごめんなさい。小野寺くんの赤ちゃんを諦めるなんて、私にはできなかった。だから、私……」

「あの子の名前は……じゅり?」

「え、あ……うん」

「どんな漢字?」

以前に聞かれたときは、名前からふたりの子どもだとバレるのが怖くて言えなかった。でも今はもう知られているから、話しても問題ない。

「直樹の樹に……友里の里。ふたりの漢字からひとつずつ取ったの」

「やっぱり。樹里って聞いたあと、もしかしてそうかなと思ったんだ」

嬉しそうな表情を浮かべる直樹に驚いていると、彼は身を乗り出して話し出す。

「生まれたときは、どんな感じだった？　写真はないのか？」

質問はそれだけでは終わらず、私が返事をする前に「妊娠中に何かトラブルはなかったのか？」「産んでから大変だったことは？」「樹里の小さいときは、めちゃくちゃ可愛かっただろうなぁ」「今でも可愛いけど」と、話がコロコロと変わっていく。

「……で、写真は？」

「家にあるよ。私、スマホじゃないから携帯の画素数があまりよくなくて……もらい物のデジカメで撮ってある」

「あー、そうなんだ。っていうか、まだスマホじゃないの？　不便じゃない？」

……む。

そう言われても、今までずっとガラケーしか使ったことがないから、別に不便だと感じてはいない。それにお金に余裕がないから、通信費がたくさんかかるのは困る。

「不便じゃないよ」

「今度の日曜日、一緒に機種変更をしに行こう」

ええっ、何でそうなるの？

話が変な方向に進んでいる気がして、ついていけない。

「行かないよ。どうして機種変更するの？」

「俺と、もっとちゃんと連絡を取れるようにして。それから写真をいっぱい撮って、送ってもらえるようにしたい」

「ええ……？」

突然の話に困惑していると、直樹は話を続けていく。

「あの子が俺の子かもしれないって思ってから、ずっと考えていたんだ。友里のことや子どものこと。それから、俺はどうしたいんだろうって」

真剣な眼差しで、私をまっすぐ見つめる。

「俺は友里とやり直したい。俺たちの子どもを一緒に育てたい。本当なら、妊娠したときに打ち明けてほしかった。妊娠中も、出産のときも、生まれたあともずっとそばにいたかった」

直樹から『友里』と呼ばれて、胸が跳ねた。

懐かしい呼び方に、喜びが込み上げる。ずっとそう呼ばれたかったのだと気づいた。

「妊娠したとき、すぐに教えてほしかった。でも……それは俺のせいだよな。俺が男として頼りなかったから……。本当にごめん」

妊娠が発覚したとき、もしかしたら困らせるんじゃないかと怯《おび》えたけれど、あのとき正直に話していたら、直樹はこんなふうに喜んでくれていたのかもしれない。もっと彼を信じて、飛び込めばよかったのかも。

でもあの頃は、切羽詰まっていて余裕がなくて、そんなことまで考えられなかった。宿った命を守ることで精いっぱいだったのだ。

「返事は今すぐじゃなくて大丈夫。樹里の気持ちだってあるだろうし、ゆっくり考えてくれたら。でも、俺のことを少しでもいいと思っているなら……ふたりの間に俺を入れてほしい。家族になりたい」

「そんなのだめ。小野寺くんは小野寺グループの跡継ぎなんだよ。私たちが一緒になることは許されない」

直樹のお母様に頼まれたことを考えると、自分勝手に決められない。結婚は家と家との結びつきでもある。ふたりだけがよければいいというわけではない。

「そんなの関係ない。俺たちが離れている間に祖母は他界した。今は、結婚に対して口を出してくる人もいない。だから心配はいらない」

「ええ……？　そう、なの……」

直樹がそう言うものの、実際のところはどうかわからない。

腕時計を見ると、もうすぐ休憩が終わる時間に近づいていると気がついた。

「私、もう行くね」

「あ、うん、わかった。じゃあ、今週の日曜日に会いに行くから」

さっきの話がまだ生きていたんだと驚くのに、直樹は一歩も引かず話を進めてくる。

「そんなの……」

「アパートに迎えに行く。十時に」

そう言いきられて、私は何も答えられなくなってしまった。


コンシェルジュカウンターに戻って、仕事の続きを始める。直樹は『今から会社に戻る』とタクシーに乗っていった。

さっきの出来事のせいで、まだ胸が騒いで収まらない。

樹里が私たちの子だと知って、とても嬉しそうにしていた。生まれたときのことや、今までのことを聞きたがっていた。

母親である私と同じくらいの熱量で、樹里のことを知りたがってくれることを、驚くと同時に嬉しく感じた。

迷惑じゃ……なかったのかな。

元カノと再会して、実は子どもがいたんです、なんて驚愕《きょうがく》の事実のはず。人によっては『迷惑だ、二度と顔を出すな』と怒られても仕方のないようなことをしているのに……。

私のしたことを包み込み、そのうえ、私たちと家族になりたいと願ってくれた。

直樹……どうして？　もしかして、そうやって責任を取ろうとしてくれている？

もう何年も離れていたのだし、恋愛感情が残っているとは思いにくい。だったら、あるのは責任感しか考えられない。

そんな責任感のために、私と一緒にいてもらうのは心苦しい。樹里にとっては、お父さんができることはいいことだけど……でも……。

ここは慎重に考えなければならない。冷静になろう。


日曜日。休日といっても特別ゆっくり寝られるわけではなく、いつも通りの時間に目を覚ました。樹里はまだ布団の中で、すやすやと寝息をたてて眠っている。

昨日、部屋の中に干していた洗濯物を片付け、朝ご飯の支度をする。しばらくすると樹里が起きてきた。

「おはよう～」

そのまま子ども向け番組を観始める。この番組が好きなので、日曜日でも早起きなのだ。

「おはよう。ご飯できてるよ」

「たべる！」

歯磨きを終えた樹里は、テーブルに並んだ朝食を食べ始める。

いつも通りの朝なのに、今日の私はずっとそわそわしていて、少しでも時間があると直樹のことを考えている。

本当に来るのかな……？


そして時刻は九時三十分になろうとしている。約束の時間は十時。刻々と時間が近づいて、樹里も私もすぐに出かけられる準備はできている。

もし来なければ、私たちだけで出かければいいし……と思いつつも、直樹の到着を心待ちにしている私がいた。

あーもう。何でこんなにドキドキしているの。

まるで初めてのデートのときみたいに緊張している。元恋人なのだから、彼とデートをしたことがあるのに……。

樹里とふたりで話をしていると、うちのインターホンが鳴らされた。

まだ約束の時間より早いし、直樹じゃないだろうとドアを開けたら、そこにいたのは私服の彼だった。

「お……っ、小野寺くん？」

「おはよう。迎えに来たよ」

「わー！　おにいちゃん、おはよう。どうしたの、じゅりにあいにきたの？」

私の背後から樹里が現れて、キャッキャッとはしゃいで直樹に抱きつく。いつの間にこんなに懐いたのだろうと、驚いてその様子を見ていた。

「樹里ちゃん、おはよう。今日はこれから三人で出かけるよ。一緒に遊んでくれる？」

「うん！　やったー」

樹里の視線に合わせてしゃがむ直樹は、彼女の目を見て優しく微笑みながら話す。

樹里は嬉しそうに手を上げて喜んでいる。

「友里、行こう」

ふたりの仲睦まじい様子に圧倒されて、茫然《ぼうぜん》としていると、直樹は私の手を握って一緒に行こうと誘う。

久しぶりに大きな手のぬくもりを感じて、泣きそうになった。それに気づかれないように俯く。

「う、うん……」

直樹と樹里が先に家を出て、私も急いで荷物を持っていくと、アパートの前にワンボックスカーが停めてあり、直樹は後部座席のドアを開いて待っていてくれた。

「さ、乗って」

「ありがとう」

樹里はすでにチャイルドシートに乗せてもらい、準備万端みたい。私が来るのを今か今かと待っている。

「ママ、はやく！」

「うん」

広々とした後部座席。三列シートなので、まだ後ろにも座席がある。つり下げ式の後席モニターがあって、テレビ番組が観られる仕様になっていて驚く。

「樹里……テレビだね」

「うん。くるまにあるなんて、すごい」

ふたりで見上げて、すごいなと感心していると、直樹が運転席に乗り込んできた。

「さて、出発するよ。まずは友里の携帯の機種変更から」

「ええ……っ？　それは本当にいいんだってば」

「だめ。俺が困るから、スマホにして」

私がガラケーであることで、どうして直樹を困らせるのよ？と疑問に思っているうちに、携帯電話ショップへ到着してしまった。

同じキャリアで今の番号のまま機種変更しようと考えたのに、直樹が電話代の支払いをしたいと言い出して聞かない。しかし、名義人と支払者が家族でないとできないと断られる。

「そうなんだ。どうする？　今すぐ籍を入れに行く？」

「バカなこと言わないで。いいよ、自分で払うから」

「だめだ。俺のワガママでそうしてって言ったんだ。俺が払う」

私たちのやり取りを聞いて、カウンター越しに店員さんは苦笑していた。樹里は直樹の膝の上に座り、ジュースを飲んで会話を聞いている。

「じゃあ、友里は俺の名義のスマホを持って。それだったらいい？」

「そんなことしてもらわなくて大丈夫だよ」

「遠慮はいいから。もう決めた」

半ば強引に機種変更をしたのち、直樹の名前へと名義変更をする。そのまま支払いは全て、彼がしてくれることになってしまった。

「もう……本当に強引なんだから」

「いいじゃん。なおくんがいいっていってるんだし」

「樹里まで！」

「ねーっ」と顔を見合わせる直樹と樹里。何でそこは意見が一致しているのよ、と私だけがのけ者みたいで膨れる。

「樹里ちゃんは俺の味方だよな？」

「なおくん、かっこいいから、すき！」

恋人同士のような距離感でラブラブのふたりに呆れながら、新しいスマホを手に取ってみる。今までの小さな画面とは打って変わって、大画面をタッチして操作することに感動した。

「わあ……こんな感じなんだ……」

「これで写真が撮れるから。……ほら、簡単だろ？」

「うん、デジカメより綺麗かも。すごい」

試しに樹里の顔を撮ってみると、携帯電話とは思えないほどの美しい写真が撮れた。

綺麗！

思わず嬉しくなって、直樹に微笑みかけてしまった。

すると、何も言わずじっと見つめられて、我に返った私たちは顔を赤くしてお互いに目を逸らす。

その様子を見ていた樹里が、嬉しそうに笑って冷やかしてくる。

「ママとなおくん、なかよしね」

「そ、そんなことないよ」

「ふうーん」

そこに作業をしていた店員さんが戻ってきて、「今日の手続きは以上です」と声をかけられたので、私たちはショップをあとにした。

「さて、もうすぐお昼だし……何か食べに行こうか」

「うん！」


直樹がチョイスしたのは、子どもと一緒に行けるキッズカフェだった。中に入ると、ほとんど子ども連れの人たち。テーブルなどに子どもを引きつけるような工夫がされていて、可愛い雰囲気だ。

キッズスペースが完備されていて、そこには保育士免許を持っている店員さんが駐在しているので、カフェの利用中は見ていてもらえるらしい。

「よくこんなところを知ってたね」

「うん、調べたら出てきてさ。きっと喜ぶだろうと思って連れてきたんだ」

直樹の隣に座りたい！と、樹里は隣を陣取り、仲良さそうに話して楽しんでいる。私は向かいからその様子を写真に撮って、何度も見返す。

直樹と樹里が一緒にいることが、信じられない。

樹里には父親の話などしたことがなかったし、いないものとして育ててきた。これからもずっとそうしていくつもりだった。

直樹と再会したときはどうなるかと思ったけれど、こうして樹里と会って可愛がってくれて……本当に感謝しなければ。


樹里はお子様プレートをすぐに完食し、キッズスペースへ行ってしまった。気になるおもちゃがあったらしく、すでに遊んでいるお友達の中に溶け込んで遊び始める。

「樹里は人見知りしないんだな。誰とでも仲良くなってる」

「そうだね。０歳のときから保育園に入れているから、自然にそうなったのかもしれない」

「0歳のときから？」

正確には十ヵ月の頃からだ。片親ということもあり、すぐに保育園に入れてもらえることが決まって、一歳になる前から行き始めた。

私が大学に復学し、空いた時間はアルバイトをしていたその頃を思い出す。

「最初は泣いてたけど、今では保育園が楽しいって言ってくれてるよ」

「そうじゃなくて……産後、ゆっくりできなかったんじゃないのか？　友里はひとりで産んで育てて、大変だっただろう？」

最初は母や義父がいる家にいたので、何かと手伝ってもらえた。しかし、三ヵ月が経ったくらいで、私は今住んでいるアパートを借り、樹里とふたりの生活を始めた。

「そうだね。毎日どうやって生活していたか、思い出せないくらい大変だった。でも樹里がいたから頑張れた」

大学を卒業しなければならない、就職しなければならない、家事をしなければならない、アルバイトをしなければならない……と、いろいろなことに押しつぶされそうになりながら、日々、目の前のことを追いかけて暮らしていた。

それでも樹里が笑ってくれたら、大変だったことも吹き飛ぶ。大好きな人の子どもがいるって最強になれる。

「そうか……。何か、俺……最悪だな」

「え？」

「友里を妊娠させておいて、何も知らずに、のうのうと生きてた。むしろ友里に捨てられたと思い込んでて、逆恨みしてたんだぜ。格好悪すぎるよ」

落ち込む直樹は、背もたれに体を預けてため息を漏らした。

「なあ、友里。これから一緒に住めないか？　一緒に住んだら、友里のことをもっと助けられると思うんだ」

「ええ……？」

「大人の手がもうひとつあれば、少しは楽になるんじゃないか？　本当なら、生まれる前からずっと一緒にいたかったけど、それはもう叶《かな》わない。だったら、これからの時間を俺にも共有させて」

直樹……。

彼の真剣な表情と優しい声に、心を揺さぶられる。私たちのことを考えてそう言ってくれていることが伝わってくる。

しかし、本当にそれでいいのかという不安が拭いきれない。

「だめだよ。私の身勝手で産んだのに、あなたを巻き込むわけにはいかない。小野寺くんには小野寺くんの人生が……」

「樹里の父親は俺だ。それは揺るがない事実だろ。自分の子どもと一緒にいられない以上につらいことはない。それに……友里のそばにいたい」

直樹は手を伸ばし、テーブルの上に載せていた私の手をそっと握った。

この温かい手を信じていいのか、まだ迷っている。

この四年間、ふたりで生活をしてきて、いろいろなことがあった。誰かに頼りたくて泣いたときもあるし、なかなか思い通りにならなくて、悔しくてつらい日もあった。そんなときに直樹のことを思い出しては、自分を奮い立たせてここまでやってきた。自分で決めたこと。ひとりで産んで、誰にも迷惑をかけずに樹里を育てる。そう決意したはずなのに、直樹のそばにいると頼りたくなってしまう。弱い自分が出てきて負けそうになる。

「ごめんなさい。小野寺くんを巻き込むつもりはなかったの。だから、責任は感じなくていいんだよ」

「嫌だ。樹里の親なのは俺も同じだ。樹里を守っていく責任を持っているはずだろ」

一歩も譲るつもりがないようで、直樹は私の手を離さない。

「とにかく今は、無理強いはしないよ。でも考えておいて」

「……わかった」

それから席を立った直樹は、キッズスペースにいる樹里のもとへ向かい、おままごとごっこを始めた。

「じゃあ、なおくんは、パパね」

「パパ?」

嬉しそうに微笑み、樹里から手渡されたおもちゃの茶碗《ちゃわん》を受け取る。

「そう。わたしがママよ」

「ママ、か」

父親役になったと喜んだのだが、パパというのは樹里の旦那様役だったようだ。それでも家族役に入れてもらえたことがよほど嬉しかったのか、直樹の頬は緩みっぱなしだった。

家族になりたい。その言葉を心の中で繰り返して、温かな気持ちが溢れる。そう思ってもらえることだけでも、本当に幸せだ。

直樹、ありがとう。

一緒に［直樹ＳＩＤＥ］

午後五時。現在、俺が籍を置いている会社の重役会議を終えて歩いていると、ジャケットの内ポケットに入れていたスマホが震える。

誰からの着信だろうと手に取り、見てみると友里からだった。慣れないスマホを操作し、誤って発信してしまったみたいで、出る前に切れてしまった。そして【ごめん、間違い】とメッセージが届く。

だろうな、とわかっていながら、ふと頬が緩んだ。

新しいスマホに悪戦苦闘しつつも、樹里の写真を送ってくれるようになり、俺たちの距離は少しずつ縮まってきたような気がする。

些細《ささい》なことでも知らせてくれて、日常に友里と樹里の存在を感じ、初めて味わう幸福感に浸る。

友里と別れてからの五年間、ずっと特定の女性を作らなかった。誘われることもあったが、俺の気持ちが乗らず、本気になれなかった。

もう何年も前の彼女のことを引きずっていると認めたくなくて、友里のことを思い出しては拒絶して、悪態をついていた。自分が本当に子どもだと呆れてしまう。

本当は愛されたかった。

友里のことが好きで好きで仕方なかった。一生懸命に愛しているつもりだったのに、心変わりされてしまうようなことをしていたことが悔しかった。

もっと大事にしてあげればよかった、もっと友里の気持ちを考えてあげればよかったと何度後悔しても、し足りなかった。婚約者だという男性を紹介されたときは、絶望に打ちひしがれて、立ち直るまでにかなりの時間がかかったほどだ。

偶然に再会して、最初は逆恨みみたいなことばかりしていたけど……彼女を見ていると、いつも放っておけなかった。気になるし、話したい。今でも好きなんだと思い知らされた。

過去にはどうやっても戻れない。だったらこれからを頑張るしかない。

友里が結婚していないと知ったときに、俺の中に湧き上がってきた感情は、全て前向きなものばかりだった。

ひとりで大変なことでも、ふたりになれば乗り越えられる。俺がそばにいて力になれることが、絶対にあるはずだ。

子どもがいるのなら、一緒に育てていけばいい。たとえ別の男の子どもだとしても、友里の子であることには変わりない。彼女の力になりたいし、もう一度そばにいたい。ずっと燻っていた愛情が内側から溢れ出して、どうしようもないほどに友里を愛していると自覚した。

こんなに愛する人は、もう現れない。このチャンスを逃したら、きっと俺は後悔する。どんな形でもいいから、友里のそばにいて力になりたい――そう伝えようと決意していた。

そしてふたりで話し合い、本当のことを打ち明けられて。

初めて樹里の顔を見たとき、すごく可愛くて驚いた。もともと子ども好きではあるものの、ここまで可愛いと思えた子は初めてだった。

それは友里の子どもだから感じることかと思ったが、俺の子だと知らされたとき、俺の中に潜在している父性がそう思わせたのだと納得した。

苦労をかけた分、これから俺は友里の力になるつもりだ。生活を支えるのはもちろん、父親としての責任を果たすのも当然のこと。

もう昔のようにはなりたくない。

友里が安心して頼れるような男にならなければ。彼女が俺のもとを去ったのも、俺に何もかも預けられるほどの器量がなかったからだ。

ひとりで妊娠に気がつき、別れを決意し、樹里を産んで育ててきた友里。その苦労は計り知れないものだけど、真実を知った今は、彼女を支えることが俺にできることだ。まだ一緒に住むと言ってはくれないが、休日は三人で過ごせる時間を作ってもらえるようになった。

週末になれば外に出かけて、樹里とめいっぱい遊ぶ。それから夕飯を食べに行き、別れる。本当なら一緒の家に帰りたいところだが、そこは我慢。

俺の気持ちばかり押しつけるのでは、過去の自分と同じだ。あくまで彼女たちのペースに合わせる。大事だから。

自分のデスクに戻ってメールチェックをしていると、退勤の支度をしている女性社員たちの声が耳に入ってきた。スマホを見ながら話しているようだ。

「ねえ、この天野翔太《しょうた》って人、エキゾチックな雰囲気で格好よくない？」

「最近テレビに出てるね。株とかFXとかで成功している人でしょ？　何だか根暗っぽくない？」

「そうかなー。この危なげな瞳がいいんだよ～」

女性はこういうおしゃべりが好きだな、と微笑ましく思いつつ、メールの文字列に目を走らせていると、ひとりの女性が気になることを言い出した。

「この前さ、テレビで自宅公開してて、天野さんファンのサイトでマンション名を特定されてたの。なんと、うちのグループ会社のマンションに住んでるみたい！」

「へえ、そうなんだ」

「で、コンシェルジュカウンターの人が綺麗なんだって自慢してた。もしかしてその女性のこと、狙ってるのかな？　私もエランに異動願い出そうかなー」

うちのグループ会社のマンション……？　エラン……？

そのキーワードが引っかかり、俺はパソコンで天野翔太という男性を検索してみた。

すると予感的中。先日、友里に絡んでいた金髪の男性がヒットしたのだ。

――マジかよ。

執拗《しつよう》に友里に絡んでいたところを見たが、あれは完全に狙っている目をしていた。

既婚者であると言っているにもかかわらず、気にする様子もなく口説いていた。

それでなくても、コンシェルジュカウンターでひと際目立つ存在の友里は、いろいろな入居者から言い寄られているように思える。

本人は『そんなことはない』と否定するけれど、男性の入居者たちが友里のことを必要以上に好意的に思っていることは確かだろう。

彼女が忙しそうにしているのは、もともとのルーティンワークが多いせいもあるだろうが、それ以外に男性入居者からの雑務も膨大だからだ。友里との接点を持てるように、些細なことでも依頼しているように見えなくもない。

既婚者、子持ちとなっても友里はモテるのか。心配が絶えない、とため息が漏れる。しかも子どもがいることは本当だが、既婚者というのは嘘だ。それがわかれば、子どもがいても構わない、友里と付き合いたい、結婚したいと望む男性は多いだろう。

見た目だけでなく、親切で丁寧な対応をする友里はとても魅力的だ。その優しさはホスピタリティから来るものなのに……男とは単純なものだ。

俺もその一部になってしまっていることは棚に置いておいて、天野の経歴に目を走らせる。

――あいつ、大丈夫かな。

最近は友里から天野の話を聞かないが、何かされたりしていないだろうか。

胸に宿った嫉妬の火がなかなか消えてくれず、友里のことで頭が埋めつくされる。

おおかた仕事が片付いていることもあって、今日はもう退勤しようと考えてパソコンの電源を落とした。

このままマンションに帰っても、ひとりでいろいろと邪推してしまうだけだ。迷惑かもしれないけれど、友里と樹里に会いたい。

何か手土産を持って会いに行くことを決めて、会社を出た。

友里のアパートの前に着き、部屋のインターホンを押すと、すぐにドアが開いた。

「小野寺くん……っ‼」

顔面蒼白《そうはく》で出てきた友里の目には、うっすらと涙が浮かんでいる。何事かと驚いたのと同時に、ぎゅっとジャケットの裾を握られた。

「どうしたんだ？」

「あの……っ、あの、あの……！」

「ママ、うごいたよ、はやく！」

奥で樹里の明るい声がして、玄関から顔を出して中を覗く。するとキッチンのすぐそばで、何かを指差している樹里が見えた。

「樹里ちゃん、どうしたの？」

「あ、なおくん！　キッチンにゴキブリがでたの。ママ、こわいってなくの」

「やだ……怖いっ、小野寺くん……！」

ゴキブリと名前を聞いただけで震え上がる友里は、俺にぎゅっとしがみつく。久しぶりの抱擁にドキドキしていることを隠して、腰に手を回す。

「大丈夫だよ。俺が見てくる」

「うん……」

今にも涙が零れそうになっている友里を玄関に置いて、俺は部屋の中に入った。

キッチンの壁にいるゴキブリは動かず、その場にじっとしている。その様子を喜々として見ている樹里は強い。

もしかして、虫が平気なのは俺似なのか？

「樹里ちゃん、怖くないの？」

「こわくない。いつもむいむいがでると、ママがなくから、じゅりがまもるの」

「そうなんだ」

樹里は毅然《きぜん》とした態度でVサインをする。そのたくましい様子が微笑ましくて、俺は頭を撫でた。

「この高さじゃ樹里ちゃんには難しいよな。俺がやるよ。何か叩くものはある？」

「あるよ。これ！」

ポストに入っていたらしきA４サイズの冊子を渡され、それを丸める。

「やるぞ」

「小野寺くん、気をつけてね。ああ、怖い……」

遠くのほうから怯えながら見つめている友里に頷き、一気に倒しにかかる。

一度逃げられかけたが、何とか仕留められて、無事に戦闘終了となった。

「なおくん、やったー！」

「やったな！　よかった」

樹里とふたりで喜びを分かち合っていると、友里は脱力して玄関の近くに座り込んでしまった。

「……大丈夫か？」

「大丈夫じゃない。この家にゴキブリがいたなんて……ショックで泣きそう」

今まで一度も遭遇したことがなかったようで、家に現れてしまったことにショックを隠しきれない様子。

「……まあ、一匹いたら何十匹も、とか言うよな。そんなの気にするなよ。この家はもともと古そうだし、めちゃくちゃいそうじゃん」

「やだ！　そんなこと言わないでよ」

何十匹も、という言葉に反応して、友里は立ち上がって俺に抱きつく。怖い怖いと怯えている様子がとても可愛くて、もっと虐めたくなる。

「ママはほんとに、むいむいがきらいなの。なおくん、いじめちゃだめだよ」

「ごめん、ごめん」

嬉しくて、樹里の前なのに離せない。

「うちに住めば？　俺の家は虫いないよ」

「そんな……」

「なおくんち⁉　いきたい、いきたい！　ねえ、いっしょにすもうよ！」

友里よりも断然乗り気になった樹里は、俺の足にしがみついて「はやくいこう」と急《せ》かす。

「樹里、だめよ、そんなの」

「えー？　なんで？　なおくんといっしょにいたいよ」

樹里が俺の味方をしてくれると心強い。

友里の気持ちが固まらないのは、樹里のことがあるからだ。樹里が俺のほうについてくれたなら、いい方向に話を進められるだろう。

無理強いはしない。しかしこれは大きなチャンスかもしれない。今ここで頑張れば、友里や樹里と過ごす時間を増やせる。

「俺のいないときに、また虫が出てきたらどうする？　夜中とか怖くないか？」

「う……」

「俺の家に虫がいないことは、友里もよく知ってるだろう？」

タワーマンションの最上階であるため、窓を開けていても虫が入ってくることはない。ゴキブリなどの害虫に関しても、念入りにメンテナンスがされているので出てこない。

マンションの管理に携わっているから、その辺りのクオリティに関しても友里は理解しているはず。

友里の求める安心な生活が営める空間であることを、彼女自身が一番よく知っているのだ。

「ねえー、なおくんち、いこうよ」

「とりあえず、今日は俺の家に来いよ。その間に霧タイプの殺虫剤をまいておけばいいんじゃない？」

あれこれと提案していくうちに、友里は考えが揺らいだようで悩み始めた。俺はたたみかけるように話していく。

「友里は職場なんだから、通勤時間がなくなるし、楽だろ？　樹里は俺が保育園まで送っていくし」

「でも……」

「寝ているときに出てきたら、一番怖いだろ？　な？」

ずるいとわかっているのに、じわじわと追いつめていく。最終的に何も言わずに、友里は俺のスーツの裾を握り、頷いた。

「行っても……いいの？」

「ああ、いいよ」

「じゃあ、お言葉に甘えて……」

俺は樹里と顔を合わせて、ハイタッチをする。

「じゅりね、なおくんといっしょにねる！」

「ああ、いいよ。ベッドで三人並んで寝よう」

「もう、勝手に決めないで。だめよ、そんなの」

「やだ、いっしょにねるの！」

樹里のおかげで、友里たちに俺の家に来てもらえることになった。

急いで泊まりの準備をして、俺たちはアパートをあとにした。

平日であるにもかかわらず、何気ない日が特別な日に変わる。こんなに胸が躍るような楽しい気持ちは、いつぶりだろう。

家族がいるって幸せなことなんだなと感じながら、ふたりを乗せて車を走らせた。

初めての夜

まさか直樹の家に泊まることになろうとは……。

最上階のフロアに到着し、直樹が玄関のドアを開錠する様子を見て、来てしまって本当によかったのかなと今さら不安になっていた。

地下駐車場からの直通エレベーターを使用したので、他の入居者に見つかることはなかったが、これは完全に就業規則違反だ。もし見つかれば解雇されるようなことをしている。

しかし直樹は樹里の父親で、家族同然の人。だから一緒にいることが自然なわけで。頭の中で言い訳を浮かべては消し、消しては浮かべる。直樹の背中を見つめながら、彼のプライベートな空間に入ることに緊張していた。

もし女性の影を見つけてしまったら、と思うと不安になる。だけど彼のそばにいたい気持ちもあって、こうして招いてもらえることが嬉しい。

ドアが開くと、樹里は容赦なく部屋の中に入っていく。やましいものが一切ないのか、直樹は気にすることなく、それを見て笑っている。

彼の選んだインテリアのセンスのよさに感心しつつ、広々とした空間に改めて圧倒される。窓からは東京の夜景が一望できて、ロマンチックだ。

目を輝かせながら夜景を眺める樹里を見てから、彼女の隣にいる直樹の優しい笑顔に見とれる。

樹里のことを知って以来、直樹は私たちのことをとても気にかけている。父親としての責任でそうしてくれるのかと心配していたけれど、彼自身も楽しんで私たちに関わっていることが伝わってきた。

義務とか、責任とか、そういうものではない。純粋に家族になりたいと思って接してくれているのだと感じられる。

彼の『家族になりたい』という願いが強く伝わってきて、一緒に過ごすうちに考えを改め始めた。

私たちの気持ちを優先する優しさや、樹里に対する態度を見ていると、父親そのもので、私と同じように愛情を持って接していることがわかる。

一緒にいる時間が増えるにつれ、彼への想いが大きくなる。

彼のことは、好きだと思っていた。

だけどそうじゃない。今は、愛している。

ドキドキ、というような浮ついた甘ったるいだけの感情ではなく、しっかりと地に着いた感情で相手を想い、慈しみ、愛していると感じられるのだ。

ずっと一緒にいたい。直樹のそばにいたいし、彼にそばにいてほしい。深い想いを感じて、胸を熱くする。

樹里と直樹は、仲良くふたりで一緒にお風呂に入るのだと、バスルームへ向かった。

さすがに私まで一緒に入るわけにはいかず、私はお風呂上がりの樹里を受け取る係になった。


はしゃぎすぎた樹里は、入浴後すぐに眠ってしまった。

「あれ？　樹里は？」

樹里を先に送り出し、そのあとに体を洗った直樹が上がる頃、彼女はもうすでに夢の世界に行ってしまっていた。

「ドライヤーをかける前に寝ちゃったのよ」

「そうか。お風呂でもテンション高かったからな」

こんなに広いお風呂に入るのは初めて、と樹里は喜んでいたらしい。ブクブクと出てくるジャグジーを満喫し、思いきりはしゃいでいたそうだ。

直樹のベッドで眠ってしまったので、布団をかけて頭を撫でる。

「ごめんね、小野寺くんのベッドなのに」

「いいよ。樹里が寝てもまだ余裕があるだろ?」

「うん。そうね」

キングサイズのベッドは清潔に整えられていて、そのうえふわふわで寝心地がよさそう。気持ちよさげに眠る樹里を見て、ふと頬が緩む。

「小野寺くん、ありがとう」

樹里にいろいろとよくしてくれて、ありがとう。

あなたに最低なことをしてしまった私に、優しくしてくれてありがとう。

何度ありがとうと言っても足りないくらい、直樹に助けてもらっている。

今までは誰にも頼れなくて、ひとりで全てのことに対処しなくてはならず、つらいときもあった。

でも直樹がそばにいてくれるようになって、ひとりじゃないのだと感じ、助けられている。

ベッドに腰かけて、樹里の寝顔を覗いている私の隣に、お風呂上がりの直樹が座る。

石鹸《せっけん》の香りが漂う彼にドキドキしてしまって、振り向けずにいた。

「こちらこそ。樹里を産んでくれてありがとう」

直樹がそんなことを言うから、私の目に涙が溢れた。

「俺さ……ずっと友里のことを引きずっていた。フラれたあとも、ずっと忘れられないでいたんだ。どうして勝手に心変わりしたんだ、と友里を責めたこともあった。だけどそんな中、友里は俺の子どもを妊娠して、産んで、育ててくれていた」

直樹の温かな手が私の後頭部を撫でる。その大きな手のぬくもりを感じて、うまく息ができなくなるほど高揚していく。

彼が触れる髪のひとつひとつに神経が通っているみたい。私の全部がドキドキしている。

「俺が頼りなかったから、こんな苦労をさせたんだよな。本当にごめん」

「そんな……謝らないで」

私の身勝手な行いで、こうなった。直樹が謝罪する必要なんてない。

しかし直樹は首を横に振る。

「俺の母親に言われたことを守り、身を引いたんだよな？　それを跳ねのけられるような力がなかった俺の責任だよ。俺が未熟だったから、身重の友里を守れなかった。別れを選択させるしかできなかったんだ」

自分を責める直樹に胸を痛めて、何度もかぶりを振る。そのたびに涙が零れて、頬からポタポタと落ちていった。

「せめてこれからは、そんな思いをさせたくない。もう俺のことを求めていないかもしれないけど、それでも……俺は友里と樹里と一緒にいることを諦めたくないし、ふたりを守りたい」

私たちが愛し合っていたことは事実だ。

でもそれは過去の話。お互いに長い時間を経て今に至るから、気持ちに変化があって当然。

けれど直樹は、私と樹里を大切に感じて、愛情を持とうとしてくれている。その優しさに、心が熱くなっていくのを感じる。

「俺は今でも友里が好きだ。別れてからもずっと想っていた。友里以外に本気で好きになる人は現れなかった」

「小野寺くん……」

まさか、そんなふうに想ってくれているとは想像していなかったので、驚いて直樹のほうを見る。流れていた涙を見せてしまうと、彼はそっと手を伸ばして、頬の涙を拭った。

「友里にはもう、そんな感情はないかもしれない。ずっと好きだったと聞いたら、俺を警戒するかもしれないと思ったけど……友里が目の前にいたら、言わずにはいられなかった」

私の頬を撫でる手が温かい。ずっとずっと求めていたのは、この優しくて温かな手だった。

付き合っていても、いずれは別れなければならないと思っていて、つらかった。全部を話して『それでも別れたくない』と素直に泣きつきたかった。

しかし直樹を好きになればなるほど、私たちは釣り合っていないのだと自分を責めることが多くなって、彼のためだと言い聞かせて、別れを決めた。

本当は離したくなかったのに……。

「再会して嬉しかったのに、意地悪ばかりしてごめん。こういうところがガキだし、ダサいよな。本当、格好悪い」

直樹からすれば、一方的に自分勝手な理由で別れを告げた女。そういう態度を取られて当然だと思っていた。だから気にしなくてもいいのに。

「格好悪くないよ、直樹はいつでも素敵な人だよ」

「友里……」

 つい、ぽろっと彼のことを『直樹』と呼んでしまった。

私が名前で呼んだことに気づいたようで、直樹は驚いたあとに嬉しそうな表情を浮かべた。

「私も……ずっと好きだよ。直樹のこと、忘れたことなんてない」

直樹のことが本当に好きだから、ひとりであなたの子を産もうと決意できた。

産んでからも、樹里が直樹にそっくりで、似ている部分を見つけるたびに嬉しくてたまらなかった。目の形も、鼻も、笑ったときの顔も。

直樹との繋がりを感じ、私はそれで幸せをもらっていたのだ。

「友里」

今にも泣き出しそうな直樹の顔を見て、私の涙がまた零れていく。

離れていた間も、私たちはずっとお互いを想い合っていた。それを知った今、気持ちを止められなくなる。

「友里、好きだ」

「私も」

直樹に引き寄せられて、ぎゅっと強く抱きしめられる。もう離さないと言わんばかりの熱い抱擁に身を委ね、私も彼の体に腕を回した。

直樹……好き。好きっていう言葉じゃ足りないくらい、あなたのことが好き。

ずっとこうしてほしかった。

もう二度と、こんなふうに抱き合えることなどないと思っていた。

なのにこうして再会し、素直な気持ちを伝え合って抱きしめてもらえるなんて……どれだけ幸せなのだろう。

ふっと腕の力が緩められるのと同時に、少しだけ体を離した。そして私を見つめる彼の瞳と、視線がぶつかる。

何も言葉を交わさないまま見つめ合っていると、直樹の手がもう一度私の頬を撫でた。指でそっと何度か撫でられたあと、親指で唇に触れられる。

それだけで私の胸の鼓動は速くなり、触れてほしくてたまらなくなった。

キス……したい。

封印していた女性としての欲求が、湧き上がってくる。

子どもを産んでからこんな気持ちになることはなかったのに、ひとりの女性として直樹を激しく求めている。

「友里……」

甘い声で名前を囁《ささや》かれたあと、彼の顔がゆっくりと近づいてきた。全身が心臓になったみたいにドキドキと胸が高鳴り、彼からの口づけを受け入れた。

お互いの唇を何度も重ねて、想いをぶつけ合う。

好き、大好き、愛してる……。

その言葉を心の中で何度も囁きながら、直樹とのキスに溺れていく。

直樹はキスの合間に、何度も好きだと言ってくれた。呼吸を惜しむくらい長いキスをしていると、彼の手が私の体を触り始めた。

「な、おき……待って……」

気持ちが高ぶっているのは同じだ。欲しい気持ちも同じだとわかっているものの、このまま先に進んでいいか迷ってしまう。

「これ以上は……」

樹里が起きてしまうかもしれないし、それに——。

「私……昔みたいな体じゃ、ないし……」

妊娠して、明らかに私の体は変化した。妊娠線が残っているから、綺麗とは言い難いお腹になってしまったし、それに胸だってあの頃とは同じじゃない。

引く手あまたな直樹が見てきた女性たちの体と比べられたら、恥ずかしくて死んでしまいそう。

傷つきたくない一心で拒んでしまう。

「そんなことを気にしてるの？」

「だって……」

「じゃあ、俺はいつまでも友里を抱くことはできないの？」

服の上から撫でてくる手は、止まることなく動き続ける。そのたびにビクンと反応してしまって、体は完全に火がつきそうになっている。

「俺は友里の全部が好きだ。どんな体だろうと欲情するし、好きな気持ちは変わらない。友里は、俺が欲しくない？」

「う……」

目の前にいる直樹に誘惑されて、今の私は、いつもの私じゃないみたいに直樹を欲している。

欲しくないわけがないじゃない。でも……と揺れている間に、直樹の手が服の裾から中に入ってくる。

「友里の全部が欲しい。五年間も我慢していたんだ。もう限界だ」

下着の上から撫でられ、理性が崩壊していく。私も直樹が欲しい。

きっと直樹なら、全てを受け入れてくれる。

「ねえ、友里。抱かせて」

恥ずかしさよりも、求め合う気持ちが上回って、頷いてしまった。

「その代わり……暗くしてね」

「それはどうだろう？　ここじゃできないから、向こうに行こうか」

そこは『うん』って言うところじゃないの？と驚いている間に、お姫様抱っこをされて、離れたゲストルームへと連れ去られた。

普段使っていないらしいベッドも綺麗に整えられており、その上にそっと置かれる。

「久しぶりだから……余裕ないかも」

「そう、なの……？」

まさか、そんなはずは。

あり得ないと思うけれど、嘘でもそう言ってくれたのは嬉しい。

その言葉を最後に、直樹は野獣へと変化してしまった。

もちろん甘い言葉は多く、手つきも優しいけれど、容赦なく私を求め、味わいつくすように抱く。

私の心配をよそに、体を見ても「綺麗だ」「可愛い」と褒めてくれて、戸惑う様子はひとつも見せなかった。

甘い時間のあと、私たちは樹里の眠るベッドへと戻った。

親子三人で眠る初めての夜。

今まで味わったことのないような幸福感に包まれ、樹里と直樹の寝顔を眺めて、静かに涙を零した。


翌日。今朝は直樹の家なので、朝食の準備などは彼がやってくれることになり、とてもゆったりとした朝の時間を過ごせた。

樹里の保育園へ直樹の運転する車で向かい、送り届けたあと、またマンションへと戻ってくる。

車で送迎してもらったおかげで、まだ時間に余裕がある。しかも私の職場は直樹の住むこのマンションだから、始業時刻ギリギリまで一緒にいられる。

駐車場に車を停めたあと、再び直樹の部屋に戻ってきた。

「何から何までありがとう」

「いいよ。当然だろ」

樹里の世話や、それに関わることは全部、直樹にとってやるべきことという認識みたい。申し訳なく思う必要はないと言われた。

「それより……友里」

「ん？」

直樹に手を引かれ、玄関からリビングへと入る。そして彼はソファに腰かけ、その隣に座るように私をエスコートした。

「どうしたの？」

すぐ出勤できるようにと、すでにスーツ姿の直樹に見つめられる。長身で男らしい体つきで着こなされたスリーピースのスーツ姿は、色気が溢れ出していて、ドキドキせずにはいられない。

「もう少し時間あるよな？」

「うん、そうだね」

現在時刻は八時。私が出勤するのは八時十五分くらいなので、まだ時間がある。

「それまでの間、友里に触れていたい」

「あ……っ」

ぐいっと迫られてしまい、ソファの上に押し倒される。逃がさないと言わんばかりに、直樹は私の手を縫いつけるように押しつけた。

熱く見つめたあと、甘いキスを何度もする。

朝から、こんなこと……！と思うのに、抵抗できない。柔らかな唇の感触に溺れて、直樹のことを求めてしまう。

「も……だめ、だよ」

唇が離れた瞬間に話しかけても、直樹はやめる素振りを見せない。嬉しそうにキスを繰り返して、ぎゅっと抱きしめる。

「だって目の前に友里がいると、止まらなくなる。ああ、時間がもっとあったら……」

「こら、手……っ！　もう……直樹」

これ以上進んではいけないのに、直樹の手はどんどん先に進もうとしている。出勤時間が刻々と近づいているのに、エスカレートしていって困る。

「直樹ってば……！」

「昨夜の友里を思い出したら、止まれない。今日も、ここに泊まっていくよな？」

耳元で囁かれて、腰が砕けそう。全力で誘惑されて、抵抗できない。直樹ってこんなにエッチな人だったの!?と戸惑う。

「だめ……だよ。今日は帰らないと」

「早く一緒に住みたい。友里にそばにいてほしい」

そんなお願いをされながら、情熱的に求められて、理性が崩壊してしまいそう。ずっとずっと好きだった人に甘いおねだりをされたら、強く拒めない。このまま流されてしまいたくなる。

「……か、考えておくね」

「うん。仕事中も俺のことを考えていて。俺も友里のこと、考えているから」

ああ、もう……っ。ドキドキが止まらないよーっ。

あの頃に戻ったみたいな……いや、あの頃よりも、より積極的に攻めてきている気がする。


直樹の本気を見せつけられて、私はふらふらしながらコンシェルジュカウンターへと向かった。

スタッフルームへ入り、更衣室で着替えている間も、まだふわふわしている。直樹の手に触れられていた感触が残っているし、キスの余韻だってある。彼の香りがまだ残る体が熱い。

こういう気持ちになったのは、いつぶりだろう。早く直樹に会いたくて、彼の顔が見たい。こんなに浮かれてしまって大丈夫なのか心配になるけれど、今は冷静になれそうもない。

はあ……と吐息を漏らしたあと、気持ちを切り替えるべく、「よし」と声を出して気合いを入れる。

いつも通り髪をひと纏めにして制服に身を包み、カウンターへと向かった。

新しい生活［直樹ＳＩＤＥ］

友里を見送ったあと、俺も支度をして部屋を出た。

エントランスを通り過ぎるとき、すでに制服に着替えて身なりを整えた友里がいて、「いってらっしゃいませ」と一礼する。

このマンションの美人コンシェルジュと人気の彼女が、俺のものになっただなんて……。

そう噛《か》みしめると、つい頬が緩んでしまいそうになる。

俺と別れている間、俺の子を産み、ひとりで育ててくれていた。まさかそんなことになっているとは思いも寄らなかった。

他の男性と結婚して、妊娠して子どもを産んだのだとばかり思っていたのに、実は相手はおらず、子どもの父親は俺だった。

当時のことを思い出して、思い当たる節があった。気持ちに任せて、そういう流れになったことが、一度だけ……。

あのときに子どもができていたとは。しかし、それによって彼女を長年ひとりで苦労させてしまうことになり、申し訳ない。

でも、またこうして一緒になれた。昨夜、気持ちを通じ合わせて、昔のように愛し合えて、本当に嬉しかった。

想っていたのは俺だけじゃなかったのだと知り、心の底から幸せを感じられた。

友里のことも、樹里のことも大事にしたい。これからは彼女たちを支えていく。それにはまず、俺がもっとしっかりしないといけない。

先日、祖父と父に呼び出され、会議をした。そのときに、祖父はそろそろ引退を考えていると話し出した。祖母が亡くなってから、残りの人生をどう生きていくか考えていたらしい。

仕事は好きだが、残りの人生は仕事以外の好きなことをして生きていこうと決意し、会社の運営を全て父に任せることを決断した。

そして俺も。

今までは傘下の会社の専務として、役職を与えられつつ、いろいろなことを学ばせてもらっていたが、これを機に本社に戻ってくるようにと命じられた。

父の下で働くときが来たのだ。それに向けて今までたくさん勉強をしてきたし、海外にもしばらく住んで学んできた。

まだ全てのグループ会社を束ねるほどの力量はないにしても、父と共にこの会社たちを大きくしていきたい野望は、人一倍持っている。

守るべきものができたんだ。全力で大切にしなければならない。


——さて。


現在在籍している会社で、異動になったことを告げて、身辺整理に取りかかった。来週からは本社勤務になるので、急いで引き継ぎに入る。

『本当に、本社に帰られてしまうんですか？』と何人かの女性に声をかけられ、その流れで『好きです』と告白されてしまった。みんな社長夫人の座を狙って、すり寄ってきているのだろう。

俺には心に決めた女性がいる。しかも俺の子どもまで産んでくれているんだ。他の女性に告白されても、心が揺れることなど一ミリもない。

今は愛する女性と、俺たちの子どもと一緒に過ごす時間が大切で、それ以上の幸せはないと確信している。

また、異動が決まったことにより、送別会がいくつか行われることになって、長時間、仕事関係で拘束されることを余儀なくされた。

本当ならすぐ家に帰って、友里と樹里と一緒にいたいのだが……。

社会人として、ちゃんと挨拶をして去るべきだという常識を優先し、友里たちと過ごす時間を泣く泣く削ることになった。

友里の休憩時間を見計らって、電話をかける。少しでも彼女の声が聞きたい。

「今日は帰るのが遅くなる。友里はどうするつもりだ？」

『私も自宅に帰るよ。もう虫も出ないと思うし』

そうだよな、と肩を落とす。主がいない家に泊まるわけないよな。

しかし本心を言えば、あのマンションに友里と樹里がいてくれたら、どれだけ嬉しいだろうかと思うのだ。

遅くなったとしても、寝顔のふたりを見られる。寝ていてもいいから、友里の姿をひと目見たい欲が出てくる。

「俺はいつでも、家に来てくれていいと思ってるからな」

『……ありがとう』

「しばらくは忙しくなりそうなんだ。祖父が会長を退任することになったから、俺も本社に戻ることになった。いきなり俺が社長にってことにはならないだろうけど、それなりの準備があって……」

電話の向こうの友里は『すごいじゃない』と喜んでくれたが、会えないことに関しては、残念そうな声を出す。

『会えないのは寂しいけど、仕事だもんね。直樹、頑張って』

「ありがとう」

しばらく俺のことを『小野寺くん』と呼んでいたが、ついに昔のように名前で呼んでくれるようになった。

友里に『頑張って』と声をかけられたら、何でも頑張れそうな気になる。

男って単純だな、と呆れるけれど、好きな気持ちがこんなに俺の原動力になるのだと、つくづく実感した。

電話が終わったあとも、じんわりと胸が温かくて、俺はひとりじゃないのだと身に染みた。

それから本当に激動の毎日で、引き継ぎと本社異動への準備、送別会と、目まぐるしい日々を送ることになった。

友里や樹里とは連絡を取るけれど、会うことは叶わず、気がつけば二週間が過ぎようとしていた。

「はあ……」

やっと解放された、とため息をつく。

今日は大口の取引先の社長と会食で、遅くまで付き合わされた。もう深夜の十二時を回っていて、疲労で体がずしっと重たい。早く家に帰って眠りたい。

会社で用意された送迎用の車に乗り、自宅マンションまで向かった。


座席に体を預けて仮眠を取っている間に、到着したようだった。

「お疲れさまでした」

運転手に、遅くまで申し訳なかったと挨拶をしたのち、自宅へと向かう。

広々とした豪華な部屋に住んでいるけれど、帰ると真っ暗。誰もいない冷えきった家に帰ると、とてもわびしい気持ちになる。

本当は家族がいるのに……。彼女たちとまだ本当の家族になりきれていないのだと、寂しさを感じる。

開錠して中に入ると、玄関に電気がついている。

今朝、つけたまま出かけたのだろうか？　それともハウスキーパーが掃除に来た際に、消し忘れたか？

そんなことを考えながら足元を見ると、女性物の靴と、小さな女の子の靴が並んでいる。

まさかと思い、急いで部屋の中に入ると、テーブルの上に作り置きの夕飯が並べられていた。その隣に拙い字で書かれた【おかえり】の文字。

樹里が一生懸命に書いたようで、上手とはいえない字。【り】なんて反転しているけど、それがとても嬉しい。

そのままメモを置いて寝室に向かうと、俺のベッドの上で樹里と友里が眠っているのが見えた。

来てくれたのか……。

ドアを開ける微《かす》かな音で反応したようで、友里は目を覚まして体を起こした。

「直樹、おかえり」

「ごめん。起こしたか?」

「大丈夫」

そう言って、そろりとベッドから抜け出し、俺のそばまで歩いてくる。久しぶりの友里を見て、俺は思わずぎゅっと抱きしめた。

「友里、会いたかった」

「直樹……お疲れさま。急に来ちゃってごめんね」

そんなの、いいに決まっているだろと思う。毎日でも来てほしいくらいだ。俺の家の鍵はすでに預けてあるし、好きなときに来たらいい。

「もう、ここに住んでくれよ。友里に毎日会わないと……寂しくてたまらないんだ」

疲れと寂しさのせいで、泣きごとを言うみたいで格好悪い。だけど友里には、誰にも見せないようなところも見せてしまう。

格好いい男でいようと思うのに、友里の前では甘えたくなる。

「ありがとう。私も……寂しかった」

友里の手が背中に回ってきて、その小さくて細い手が愛おしくてたまらない。このまま離したくないと強く願うけれど、必死で理性を働かせる。

「俺、風呂に入ってくる。友里はもう寝るよな？」

今日の会食の相手は煙草《たばこ》を吸う人だったから、臭うかもしれない。少し離れて友里の顔を覗き込んだ。

「ううん、待ってる」

「いいの？」

「うん」

「じゃあ、待ってて」

軽くキスを交わして、バスルームへ向かった。

約束通り、風呂から上がってくるまで友里は待ってくれていた。髪を乾かす時間さえ惜しくて、濡れたままで彼女に抱きつく。

会えなかった時間を埋めるように、友里の甘い香りに酔いしれる。吸い寄せられるみたいに彼女に密着して、込み上げてくる愛おしさをぶつけるようにキスをした。

「友里、好きだよ」

五年間も抑えていた分、自分でコントロールできないほど友里を求めている。

「直樹……。疲れているんじゃ、ないの……？」

「疲れてる。だから友里が欲しい」

素直に打ち明けると、彼女は照れたような表情を浮かべて頬を赤らめる。そのいじらしい態度が可愛くて仕方ない。

「ベッドに行こうか」

「……うん」

どれだけ疲労困憊《こんぱい》でも、友里がそばにいれば回復できる。友里を感じて、愛に満たされていると幸せなんだ。

樹里が眠っている部屋ではなく、別室へ向かう。まったく使っていなかったゲストルームだったから、いらないと思っていたのに、こんなに使う日が訪れるなんて。

しかも友里と——。

喜びを噛みしめて、部屋のドアを閉めてふたりだけの空間にする。

そのあと、子どもには見せられないような甘い時間を堪能したのだった。

押し寄せる不安

ああ、幸せだ。

仕事中であるにもかかわらず、ふと実感して、顔がにやけてしまった。

直樹と再び出会い、樹里の存在を知られ、そのうえでも好きだと言ってくれた。

昔と変わらず……いや、昔以上に愛してくれているのが伝わってきて、彼に大事にされていることを感じられる。

一緒に住まないか?と言われて、最初はそんなこと、申し訳なくてできないと思っていた。

なのに、一緒に過ごす時間が多くなるにつれ、彼と片時も離れたくない気持ちが強くなっている。

樹里が直樹を気に入っていることも大きい。まだ彼が父親なのだとは打ち明けていないが、樹里はとても直樹に懐いているので、驚いている。

他の男性と会わせたことがないから、直樹が特別なのかどうかはわからないけれど、彼は私たちのことを大事にしようと一生懸命だ。

樹里に対しての態度も、とても誠実で信頼できる。彼が父親なのだと打ち明けて、三人で家族になれたらベストなのだろう。

「松岡さん、おはよう」

「あ、天野様！　おはようございます」

ぼんやりしているうちに、カウンターの前に天野さんがやってきていたようだ。いつも金色の髪をしていたのに、髪色を変えたようで漆黒になっている。

「驚いた？　色を変えたんだ」

「そうなのですね。よくお似合いだと思います」

「松岡さんは、黒髪のほうが好きだろうなと考えて」

「え……？」

意味深な発言をされて、不思議に思う。

いったいどういう意味なのだろう？

ふふっ、といたずらに笑う天野さんは、カウンターのギリギリまで体を寄せてきた。

「松岡さんの理想の男になってみせるよ」

「天野様……？」

「あの男に負けないようにね。あ、そうだ。樹里ちゃんっていうんだね、娘さん」

笑顔でそんなことを言われて、私の背筋にゾクリと悪寒が走った。娘の話をしたことはなかったのに、どうして名前を知っているのだろう。

「可愛いよね、樹里ちゃん。僕も一緒に遊びたいな。樹里ちゃんは何が好き？　僕さ、玩具メーカーの株主だから、玩具とか簡単に手に入れられるんだよね。樹里ちゃんの欲しいもの、何でも用意できるよ」

目を細めながら楽しそうに話す天野さんを見て、どう切り返せばいいだろうかと頭の中で考える。きつく突っぱねることが効果的なのか、それともやんわり断るべきか。

相手は入居者なので、不快にさせてしまうのもいけない。

しかし、気のあるような素振りを見せるのもよくないだろうし、ここは毅然と断るべきだと結論を出す。

「天野様、お気遣いありがとうございます。誠に申し訳ございませんが、そのように特別扱いしていただくわけにはいきません。お気持ちだけ、ありがたくいただいておきます」

「遠慮しなくていいよ」

「遠慮はしておりませんよ。ありがとうございます」

頭を下げて、これで話は以上だと打ちきる。食い下がる天野さんだったが、頑として受け入れない態度を崩さない私に業を煮やしたのか、ため息をついて困ったように笑う。

「まあ、いいや。そういう頑《かたく》なところも悪くない。仕事中にこんな話をした僕が悪かったね。松岡さんは就業規則をしっかり守る、いい子ちゃんだもんね」

彼がカウンターに置いていた私の手を握ろうとしてくるので、私はさっと奥へ引っ込めた。

「今度、家に送っておくよ。じゃあね」

「あの……っ！　そんなの、困ります！」と言っても、天野さんは聞く耳持たずで、外へと出ていってしまった。

家に送るって言ったよね？　……ってことは、私の住んでいるところを知っているということだ。樹里のこともわかっているみたいだし、家の場所も把握している。

今やネット社会だし、全力で探そうと思えば情報が出てくるのかもしれない。とはいえ、友人でもない男性に家を知られているのは恐怖に近いものがある。

何か危害を加えてくる人だとは思えないが、どういう目的なのかわからない。

困ったことになったな、とため息を漏らして、やらなければならない業務に取りかかることにする。

直樹に相談しようかとも思うけれど、彼は今、会社のことで多忙を極めている。将来は多数の会社を束ねる小野寺グループの社長になる人で、近々お父様からの引き継ぎが本格的に行われると言っていた。

昔から、大企業の息子で御曹司であることは知っていたし、私とは全然違う場所で生きている人だとわかっていた。

昔はこんな私と釣り合うわけがないって卑下ばかりしていたけど、今は違う。私ができることは少ないかもしれないが、できる限りのことをして彼を支えたい。

そう思うのなら、彼のそばにいるべきだ。

一緒に住んでほしいと望まれている。彼の身の回りのことを、少しでもしてあげられたら……喜んでもらえるかもしれない。

「直樹と……一緒に、住む」

思わず口にしてしまって、ぶわっと汗をかくくらい全身の熱が上がる。

大好きな人と一緒に暮らせる……。どうしよう、嬉しくて舞い上がってしまいそう。

仕事が忙しいから、なかなか一緒に過ごせないかもしれないけれど、離れて暮らしているよりは会える時間が増えるだろう。

それに、直樹のプライベートを垣間見られるし、朝目覚めたらすぐそばに彼がいる。

そんなことを想像したら、飛び上がりそうなほど興奮してしまう。

「はあ……落ち着こう」

ひとりで想像して、暴走してしまった。冷静になろうと深呼吸して、落ち着きを取り戻す。

今日、ちゃんと話をしよう。樹里にも、直樹にも。


そう思って仕事後に帰宅すると、家のドアの前に、見たことのない大きな紙袋が置いてあった。

何だろうと怪しみながら中を覗いてみると、お世話人形の『あいちゃん』が入っていた。しかし箱はなく、裸の状態で紙袋に無造作に突っ込まれている。

「ええ……何、これ」

「どうしたの？　ママ」

「いや、何でもないよ。先におうちに入っててくれる？」

保育園から一緒に帰ってきた樹里が、私の背後で不思議そうな声をかけてきた。不審なものを見せるのはよくないので、先に家の中に入らせる。

樹里の姿が見えなくなってから、もう一度外で紙袋の中身を確かめてみると、裸のあいちゃん人形だけが入っていて、相変わらず異様な光景だった。

どうして、服を着ていないんだろう……。それに、あいちゃん人形って、こんな顔だったっけ……？

紙袋に手を伸ばし、そっと人形を出してみる。くるんとした大きな瞳がこちらを見つめていた。愛らしいはずなのに、どこか不気味だ。

「気に入ってくれた？」

背後から急に声をかけられ、ビクッと大きく体を揺らして驚く。誰だろうと振り返ると、すぐ後ろに天野さんが立っていた。

「これって……」

「僕からのプレゼントだよ。でも、ごめん。何度か使ったあとだから服を入れるのを忘れていて、届けに来たんだ」

またもうひとつの紙袋を差し出されて、中身を見せられると、あいちゃん人形の替えの洋服がぎっしり入っていた。

何度か使った、とはどういうことだろうと思っていると、天野さんはニコニコと微笑みながら話を続ける。

「僕も女の子のお世話ができるように、この人形で練習してみたんだ。だから、樹里ちゃんのお世話も上手にできると思う」

その言葉を聞いて、背筋が凍りついた。

樹里のお世話をする練習……？　そんなこと、頼んでもいないし、この先も絶対にお願いするはずがない。

それなのにお世話をするつもりだなんて、樹里の身の危険を感じて警戒心が強まる。

今朝、玩具をあげると言われたときも、彼は『送ってあげるね』と話していたはずなのに、なぜ直接来ているのだろう。送ると言っていたくらいだから、住所を調べ上げていたのかもしれないけど、こうして訪ねてこられると怖くなる。

「他にもぬいぐるみとか入れてるから、樹里ちゃんにあげて」

「あ……りがとう、ございます……。でも、こういうものは受け取れませんので……」

「遠慮しないで。僕が持っていても仕方ないものだから」

断ろうとしても、押し返されて受け取ってもらえない。かといっていつまでも家の前で押し問答をするわけにもいかない。

「特別な意味を持つようなプレゼントじゃないから。そんなに身構えないでよ」

「でも――」

「いいから」

見たことのないような上機嫌な様子で、紙袋を強引に手渡すと、天野さんは去っていった。

純粋に樹里におもちゃをあげようと思ってくれているのかもしれないけれど、裸の人形を渡されたり、突然家に来られたりするのは困る。

今回はすぐに帰ってくれたからよかったものの、もし家の中に入ろうとされたり、樹里と会いたがられたりしたら……と考えると危険だ。

こういうとき、直樹がいてくれたら……。毅然とした態度で守ってくれるだろうし、追いはらってくれるだろう。

いつまた天野さんがやってくるかわからない恐怖を抱えたまま、ふたりで生活していくのは不安が大きい。

何かあってからでは遅い。そう考えて、意地を張らず直樹に頼ろうと決めた。

そして家に入ると、樹里は夢中でパズルをして遊んでいた。

どんな反応をされるのかと身構えていたのに、樹里に「直樹と一緒に暮らすことになったら、どう思う？」と話すと、今まで見たことがないようなテンションで喜んでくれた。

今の家より広くて綺麗ということも理由だけど、一緒に遊んでくれる直樹のことが好きなので、大歓迎みたい。

「なおくんは、じゅりのパパ？」

「え……っと、それは……」

「パパだったらうれしい。じゅりにもパパができたーって」

周りの子たちにはパパがいる。保育園のお迎えのとき、他の子はパパが迎えに来ているときがあるし、行事があると両親揃《そろ》って参加している家庭もある。

生まれたときから父親がいない樹里には、そのたびに寂しい思いをさせていたのかもしれない。

「あのね、直樹は樹里の本当のパパなんだよ。ずっと離れて暮らしていたけど、パパも一緒に住めることになったんだ」

「ほんと⁉」

目をキラキラさせて、樹里は私の手を握る。嬉しくてたまらないと、弾けるような笑顔で喜ぶ。

「なおくんがパパでうれしい！」

「うん、そうだね。ずっと寂しい思いをさせてごめんね」

「ううん、だいじょぶ！　ママがいたからさみしくないよ」

そう言ってくれる樹里が愛おしくて、その小さな体をぎゅっと強く抱きしめた。

「樹里、大好きだよ」

「じゅりも、ママがだいすきだよ」


一番大事な樹里に承諾してもらえたら、次は直樹だ。彼になら喜んでもらえると思うけれど、一緒に住みたいと言うのは緊張する。

やっぱり嫌だと思われたりしないかな?と不安に思いつつ、今日も樹里と共に直樹のマンションで待つことにした。

直樹が帰ってくるのは、だいたい夜の十一時から十二時くらい。会社関係の人と食事をしてくることが多いみたいで、家ではご飯を食べていない。

でも、お腹を空かせて帰ってきてはいけないので、キッチンを借りて夕飯を作っておくことにした。

といっても、私にできるのは庶民的な料理だけで、直樹が普段どんなものを食べているか想像がつかないから、口に合うのかわからないけど……。

煮物だったら、温めるだけで帰ってきてすぐに食べられるし、もし残っても翌日まで保存できる。サラダが苦手な樹里も、煮物の野菜なら食べてくれるし。

そういうわけで、筑前煮《ちくぜんに》と焼き魚、出汁《だし》巻きという超和食を作っておいた。

「地味だな……」

今までネットなどまったくしなかったから知らなかったけど、世の中には料理の写真をSNSに投稿している人がいる。その人たちが作る料理を見てみると、色鮮やかで美味しそうなものばかり。

それに比べて、私が作った料理は、地味で華やかさに欠けている。

「もっと練習しなきゃ……」

そう呟いたのと同時に、玄関のドアが開く音がした。

いつもの帰宅時間よりかなり早いため、直樹以外の人が来たのかと驚く。しかし玄関のほうから「ただいま」と彼の声がした。

「なおくん、かえってきた！」

リビングで遊んでいた樹里が玄関に走り出し、直樹に「おかえりーっ」と元気よく声をかけていた。そのあとはキャッキャッとはしゃぐ声が聞こえて、一緒にじゃれ合っているみたい。

私も玄関に向かって歩いていくと、直樹に抱きかかえられている樹里を見つけた。

「おかえりなさい」

「今日も来てくれてたんだ！　ありがとう」

樹里を抱えて、直樹は私のことも抱き寄せる。

そして大きな手で頭を撫でてくれた。

「今日は早く帰れたから、一緒に食事をしようと誘うつもりだったんだ。でも家に来てくれていたなんて……嬉しいよ」

疲れているはずなのに、空いた時間を見つけて私たちとのひとときを作ろうとしてくれる。その気遣いに心が温かくなる。

「ご飯作っておいたよ。美味しいか……わからないけど」

「友里が作ったものなら、何でも美味しいよ。腹減った、食べたい！」

「じゅりも！　おなかすいた～」

三人でご飯にしよう！ということで、私たちはダイニングテーブルに向かい合うように座って食事を始める。

直樹は何を口にしても「美味しい」と言って、おかわりをするくらい食べてくれた。

食事のあとは樹里の面倒を見ていてくれるから、家事がスムーズに進んで助かった。

樹里も直樹に遊んでもらえて、とても嬉しそう。

お風呂タイムが終わると、直樹が寝かしつけをしたいと言い出し、樹里とふたりで寝室に向かっていった。

私が樹里の寝かしつけをしないなんて初めての出来事で、久しぶりのひとりの時間を満喫できる。

……ひとりの時間って、何をすればいいんだろう？

樹里を産むまでは自分の時間があって、何かをしていたはず。しかしそれが何だったか思い出せない。

ゆっくりする時間をもらって、とりあえず慣れないスマホを操作してみる。料理の写真やレシピを検索している間に、直樹が寝室から出てきた。

「はしゃいでいた割に、すぐに寝たよ。寝顔、めちゃくちゃ可愛いな」

「そうでしょ？　直樹にそっくりだよ」

「ええ？　俺、あんなに可愛いの？」

「自分で言っちゃう？」

顔を見合わせて、ふたりで吹き出す。

ソファに座っている私の隣にやってきた直樹は、隙間がないほど近くに座る。そして腰に手を回して引き寄せた。

「今日も会えて嬉しい。朝まで一緒にいたのに、離れている時間は友里のことが恋しかった」

直樹の大きな体に包まれて、そんな甘い言葉を耳元で囁かれたら、腰が砕けてしまいそうだ。

いつもは凛々《りり》しい大人の男性という雰囲気なのに、私の前になると柔らかな雰囲気に変わる。

お風呂上がりで髪をセットしていないから幼く見えるのと、リラックスしているプライベートな素顔に普段とのギャップを感じて、胸を高鳴らせてしまう。

「私も……直樹のことばかり考えてたよ」

「本当？」

「うん」

仕事中も俺のことを考えていて——先日、彼に言われた言葉。

いろいろなことを考えたりして、直樹に会いたくてたまらなかった。

それから、ふと天野さんのことを思い出して気持ちが沈む。

「……どうした？」

「え？」

「何か、急に顔が暗くなった」

隙間がないほど密着しているのに、沈んだ顔をしていることに気づかれてしまった。

そんなに表情に出ていたのかな、と急いで笑顔を作る。

「何でもな――」

「嘘。何でもないわけないだろ」

ごまかそうとしたのに、鼻をきゅっと摘まれて言葉を遮られてしまった。

「ちゃんと話して。何でも相談に乗るから」

「……うん」

これから一緒にいたいと思う人に、隠し事をするのはよくない……よね。

今日あった出来事を話すと、直樹は険しい顔をしながら最後まで聞いてくれた。

「その人形、どうした?」

「とりあえず、外に置いたままにしてる。家の中に持って入るのも怖くて」

「そうだな、それでいい。俺が明日処分しておく」

「ありがとう……」

直樹から、ぬいぐるみや人形に盗聴器や小型カメラが仕掛けてある可能性も否定できないと言われて、恐怖で縮み上がった。

「危険なやつほど、そういう贈り物をしたがるだろうし……気をつけないとだめだ」

「……そうだね」

「ああ、もう。ふたりが心配だ。このまま何もしないわけにはいかない」

どういうことだろうと話を聞いていると、直樹はどこかに電話をかけ始めた。

「……小野寺です。しばらくの間、警護をお願いしたい人物が二名いるのですが」

警護？

どこに電話をしているのかと様子を窺っていると、どうやら小野寺家御用達《ごようたし》の警備会社に連絡をしているようだった。明日からしばらくの間、私と樹里を護衛する人をつけてくれるらしい。

電話が終わったあと、直樹の服をぎゅっと握ると、その手を握り返してくれた。

「本当なら、俺がずっとそばにいてあげたいけど、昼間は仕事だから一緒にいられないだろう。主に通勤中や家の近くの警護を頼んだから、安心して外を歩けるはずだ」

「直樹……」

「ずっと俺の隣にいてくれたらいいのに」

そう言って、直樹は私の体を強く引き寄せて抱きしめる。

「二十四時間、ずっとそばにいてほしいくらいだ」

「二十四時間……？　ふふ、仕事中も？」

「そうだよ。友里のことが心配でたまらない。大事だからずっと一緒にいてほしい」

直樹の体の重みが増して、ソファに押し倒される。色気を放って迫ってくる彼にクラクラしながら、見つめ返す。

「そばにいていいの？　邪魔にならない？」

「なるわけないだろ。俺にとって、友里が全てだ。今までもこれからも」

情熱的に見つめられて、胸の鼓動が速くなっていく。

「高校時代から、ずっと友里のことを想ってた」

確かに、私たちの接点を作ったのは直樹だ。話をしたことなど一度もなかったのに、いきなり声をかけてきた。

「あの頃からずっと変わらない。友里だけが好きだ」

その言葉だけで、とろとろに溶けてしまいそう。

大好きな人に、情熱的に好きだと囁かれて愛される。こんな幸せ、どこを探しても見つからない。

「私も一緒にいたい。直樹のそばにいてもいい？」

「いいよ」

話しながら、唇を触れ合わせる。触れては離して、離しては触れて。

「ここに住んでくれる気になった？」

こくんと頷くと、直樹は私を見下ろし、心の底から嬉しそうに微笑む。

「えっ⁉　本当？」

「……うん」

「すごく嬉しい」

「いろいろと迷惑かけちゃうかもしれないよ？」

「いい。友里にかけられる迷惑だったら、何でも嬉しいから」

喜びに全てを預けた直樹は、その嬉しさをぶつけるみたいに私にじゃれついた。

「それから、もうひとつ報告があるの」

「……何？」

唇や頬にキスをしながら、直樹は私の話に耳を傾ける。

「樹里に……直樹がパパだって話したよ」

「え……っ。それで、樹里はどうだった？」

「嬉しいって飛び跳ねてた」

そう伝えると、直樹も樹里と同じように、弾けるような笑顔を見せる。その反応がふたり共そっくりで、私もつられて笑みが零れる。

「嬉しい……本当に。友里、ありがとう」

「あ……っ、直樹……」

ソファの上なのに、そんなことは構わず、直樹は私を激しく求めた。嬉しくてたまらないのがひしひしと伝わってくる。

こうして私たちは、一緒に住むことになった。就業規則違反だとわかっているけれど、それ以上に彼のそばにいたいと思ってしまった。

ずっと我慢してきたこの心を、もう止められない。

一緒にいられる幸せ

私たちが一緒に住むことが決まった数日後、すぐにアパートから直樹のマンションへ荷物を運ぶことになった。

直樹が依頼してくれた警護の人は、私たちが離れて住んでいるときは家の周りを見張ってくれていた。でもこれからは直樹と一緒に住むので、樹里の送り迎えのときのみ同行してくれることになる。

心配しすぎじゃないかと思うくらい、直樹は私と樹里のことを気にかけてくれている。そのおかげで、あれから天野さんが近づいてくることはなくなったし、平穏な日々が続いている。

さて……引っ越しは荷造りから荷ほどきまで、全てお任せで業者がやってくれて、私たちは何もしていない。身ひとつで直樹の家に来てしまった。

「本当にいいの？」

「いいんだよ、早くうちに住んでほしかったから」

自分たちで引っ越しをするとなると、荷物を詰め込むだけで時間がかかる。それでなくてもシングルマザーとして育児と仕事をしているので、そんな時間を作ろうと思うと大変だ。

それを考慮したうえで、彼は業者を手配して、簡単に引っ越しを完了させた。

あれよあれよという間に、直樹の家の中に私たちの荷物が入ってきていた。とはいえ、今まで使っていた電化製品などは処分したので、持ってきたのは樹里のおもちゃや私たちの服だけ。

「友里って、あんまり服を持ってないんだな」

「そうだね……。着られれば何でもいいかなって感じだし」

「友里らしいといえば、友里らしいな」

「そうでしょ？」

「でも、それじゃもったいないよ」

もったいない？　どうして？

使っていなかった部屋が樹里の遊び部屋になったので、目の前の樹里は夢中で遊んでいる。

今まで家の中で自由に走り回れる場所などなかったし、直樹がプレゼントしてくれた、女の子の人形が住めるドールハウスもある。

着せ替えをしたり、ごっこ遊びをしたりして楽しそうにしているのを見ながら、私は直樹の言葉を聞いていた。

「今から服を買いに行こう。俺が選ぶよ」

「ええっ……？　いいよ、そんなの」

「いいから。これからはお金のことも気にしなくていいし、全部俺に頼ってよ」

「そんなつもりで一緒に住むことにしたんじゃない。養ってほしくて一緒にいるわけじゃないの」と言っても、「俺がしたいんだから、そこは譲らない」と彼は答える。

「欲を言えば、籍を入れたい。今って、母子家庭をいろいろと援助する制度とかあるんだろ？　でも、そういうのも全部なくしたい」

「直樹……」

そこまで考えているんだ、と心が温かくなる。私たちのことを全部丸ごと受け止めようとしてくれていることが嬉しい。

「さ、今から買い物！　樹里も行くよ」

「はーい」

人形を棚に戻したあと、樹里は直樹のほうに駆け寄ってきた。彼は樹里を抱きかかえて楽しそうに歩き出す。

「樹里のお洋服も買おう。可愛いフリフリのやつとか、どう?」

「ほしーい!」

さすが親子だな、と思う息の合いように、思わず吹き出してしまう。

いつもこのふたりが盛り上がるから、私はつられてしまう。それが楽しくて幸せを感じるのだ。


それから三人で百貨店へ向かい、直樹のお勧めするショップへと足を運んだ。彼のチョイスする服をいくつか試着して、それを買うことに。悩む素振りはなくて、「これも、これも」とお会計へと進んでいく。

「多くない?」

「多くないよ。というか、友里が持っていないにもほどがあるの。急にどこかに出かけることになったときに、焦って買いに行かないといけないのは大変だろ? いろいろな種類の服は、社会人として持っておくべき」

「……はい」

そう言われればそうかもしれない。冠婚葬祭用の服から、親として出席しなければならないセレモニーのときに着るようなスーツ、上品なワンピース、普段出かけるときに着られるアイテムまで、いくつも選んだ。

ボトムスだってデニムしか持っていなかったけれど、綺麗めのパンツから、新しいデニム、カラーパンツや、スカートまでも。

スニーカーオンリーだった私の足元も、新しいスニーカー、ヒールのパンプス、可愛らしいサンダル、ショートブーツやロングブーツなど、いろいろと買い足された。

「これだけあれば、ある程度の場所には行けるだろうな」

「ママ、すてき！　おひめさまみたい～」

こんなのは映画の世界みたいで、戸惑ってしまう。

『ここから、ここまで全部ください』と言うセレブが、これほど近くにいたなんて。

「あとは、樹里な。子ども服が売っているフロアに移動しよう」

持ちきれない荷物は全て配送してもらうみたいで、そのままショップスタッフにお願いし、私たちは子ども服のフロアに到着した。

樹里が嬉しそうに服を見ている間に、直樹の服をくいと引っ張る。

「ん？　どうしたんだ？」

「あの……お金なんだけど、あとで払うから」

「何言ってんの。払わなくていいよ」

「でも」

いくらだったかわからないけれど、相当な金額になっているはず。それを恋人とはいえ、安易にはもらえない。

「俺が買いたいから買っただけ。友里に心配されるほどお金に困ってはいないから、安心して」

そりゃあ、あのマンションに住んでいるくらいだ。ある一定の年収がないと入居できない。

それに、小野寺グループの社長になろうとしているような人だし、私の想像を超えるような生活をしているに違いない……けど。

「……本当にありがとう」

「いいよ。今日買った服を友里が着て、俺の隣にいるだけで、買った甲斐があるし、嬉しいんだよ」

「うん」

優しく頭を撫でられ、頬が赤く染まる。

「本当は下着も選びたかったんだよなー」

「ええっ」

「友里にはいろいろと着てほしいものがあるから……」

「直樹のバカッ」

「冗談だよ」と笑う直樹を叩いて、私も笑う。

こんなふうに大切にしてもらって、私って幸せ者だな。

一緒にいると、毎日が特別な日になって楽しい。今まで樹里との生活でももちろん充実していたし、幸せだったけど、直樹が現れてから幸せ度がもっと増えた。どれだけ感謝してもしきれない。

直樹がいなければ、こんな気持ちになれなかったし、そもそも樹里と出会うこともなかった。全ては直樹と出会ったから始まったことなんだと、彼の横顔を見つめながら考えていた。


買い物が終わったあと、食事を終えて帰宅した。三人で、地下駐車場で直樹の車から降りてエレベーターまで歩いていると、前方に入居者らしき姿が見えた。

まずい、見つかったら大変だ。

直樹の背後に隠れ、顔を隠す。彼も私が入居者に見つかってはいけないことを知っているので、何気ない態度のまま、不自然にならないように体で覆い隠してくれた。

どうか見つかりませんように。

そう祈りながら、すれ違おうとした瞬間、入居者が私たちの隣で足を止めた。

「あれ……？　松岡さんじゃない？」

名前を呼ばれてしまい、血の気が引く。

声のするほうを恐る恐る見てみると、そこには天野さんが立っていた。この人にだけは見つかりたくなかった。

顔を隠していたのに、どうしてわかったのだろう……。

天野さんの顔を見つめて愕然としていると、にっこりと微笑みかけられた。

「あれ？　今日、お休みだよね？　それに……あ、この子が樹里ちゃん？」

私と手を繋いでいた樹里を見つめ、天野さんはしゃがんで顔を覗き込む。

「こんにちは、樹里ちゃん」

「……こんにちは」

「わあ、可愛いね。僕はママのお友達の天野です」

ニコニコと笑顔を崩さず樹里に話しかけている天野さんが怖くて、このあとどうすればいいだろうと、頭の中で考えを巡らす。

直樹と一緒にいるところを見られて、完全に私たちの関係がバレてしまっているはずだ。言い訳をするのも変だし、かといって正直に話すのもおかしい。

直樹も私の様子を窺いつつ、どう出るか考えているみたいだった。

「三人でお出かけしていたんですか？」

どう答えるのがベストなのか、ギリギリまで悩む。

『いいえ、違います』と言うべきか、『そうです』と言うべきか……。

「……ええ、そうです」

言葉を選んでいる間に、直樹がさりげなく答えた。きっと、変に否定するより、肯定したほうが得策だと考えたのだろう。

「そうなんですか。おふたりは……もしかしてお知り合い？」

「そ、そうなんです！　私たち、高校時代の同級生で」

テンション高めに発言したものの、目の前の空気は冷えたまま。私の明るいテンションが浮いてしまった。

「へえ……そうなんですか」

天野さんは笑顔を崩さないまま立ち上がる。次に何を言われるかと私が構えていると、彼はこれ以上は突っ込む気がないらしく、会話は続かなかった。

「じゃあ、僕はこれで」

「失礼します」

お互いに頭を下げて挨拶を交わしたあと、私たちはそそくさとエレベーターへ乗り込んだ。

「はあ……驚いた」

「あえてあまり口を挟まなかったけど……それでよかった？」

「うん、大丈夫。ありがとう」

直樹が話に積極的に参加したら、もっと変な空気になっていたかもしれない。断っているとはいえ、天野さんは仲良くしようとしてくる人物だ。それが本気なのか冗談なのかわからないけれど。

「あいつって、例の人形を送ってきたやつだよな」

「うん……そう、だね」

天野さんから人形をプレゼントされた一件以来、直樹の計らいで警護をつけてもらっている。そのおかげもあってか、危害を加えられることもなく、平和に過ごせていた。

このまま何も起きないでいてくれたらと思っていたのに、私たちが一緒にいるところを見られてしまった。入居者と個人的に親しくしていることを会社に言われてしまえば、問題行動として注意を受けることになるだろう。

「最近は何も動きはなかったみたいだが……俺たちが一緒にいるところを見られてしまったし、あいつを刺激したかもしれないな」

「うん」

「何かあったら、すぐに言って」

不安に思う気持ちを察してか、直樹は私の手を強く握りしめる。

「ありがとう。私たちのこと、見られちゃったから会社に言われる可能性があるよね。そうしたら、私……解雇かも」

今まで真剣に取り組んできた仕事を、こんな形で辞めなければならないのは非常に悲しい。

規則違反をしたのは私だし、非があるのもこちらだ。それでもいいから直樹と一緒にいたい気持ちを優先したわけで、仕方ないのだけど……。

「入居者である前に、俺は樹里の父親だし、友里と結婚を前提に付き合っている。家族だろ。それなのに一緒にいられないほうがおかしい」

「うん」

「もし何かあっても、俺が何とかするから。それに、仕事がなくなってもいいじゃん。

俺のところに永久就職してくれれば」

　さらっと何を言うのかと驚いた。落ち込む私を励まそうと、そう言ってくれたのだろう。直樹はいたずらな笑みを浮かべて、私を一瞥《いちべつ》した。

「もう、からかわないでよ」

「からかってないよ。本気」

「それはそれで……」

返答に困るよ。『うん』って言ってしまいそうなほど、舞い上がってしまう。

そうこうしているうちに、エレベーターが最上階へ到着した。ドアが開くとすぐに樹里が家の前まで駆け出す。

「さ、行こう」

「うん」

　樹里を追いかけて、私たちも走り出す。

　胸の中に生まれた小さな不安。だけど直樹といると、そんなことを忘れて幸せな気持ちで満たされる。

　このまま何も起きませんように。そう願うしか、今はできない。

それから数日後。

「ねえ、直樹、樹里。起きて」

「ううん……」

今まで私と樹里だけの生活のときは、私が早くから起きているせいで、樹里も早い時間に目覚めてくることが多かった。

しかし直樹と三人で住むようになった今、キングサイズのベッドで川の字で寝ているので、私が抜けても隣に直樹がいる。

人のぬくもりがあることに安心しているのか、樹里はなかなか起きなくなってしまったのだ。

温かな布団の中でふたりが寄り添い、気持ちよさそうに眠ってなかなか起きないのが悩みどころ。

「もう、朝だよ！　ふたり共、起きないと遅刻しちゃうよ」

「はーい」

寝ぼけまなこで返事をする直樹。こんなふうに寝起きのリラックスした彼を見られるなんて、私は特別な存在なんだなと実感する。

いつもはキリリとしている彼が、眠そうにむにゃむにゃと言う姿は可愛い。気だるい感じなのに色気が溢れていて、朝からドキドキさせられる。

「友里、起こして」

「え……？」

手を伸ばしてくる直樹に近づくと、腕をぐいっと引かれる。それから頬にキスをされた。

「おはよう、友里」

語尾にハートマークが飛んでいるような甘い声で名前を呼ばれて、思わず赤面してしまった。

もう、直樹ってば、どれだけ私をドキドキさせるのよ。

「……直樹、おはよう」

「さあ、樹里もおはよう！」

まだ眠っている樹里の頬にキスをして、直樹は起こしにかかる。もっと寝ていたいのに、と逃げようとする樹里を捕まえて、目が覚めるまで頬にキスをし続けた。

「なおくん、やだ〜。じゅり、まだねてるのにぃ」

「もう起きよう？　ママが朝ご飯作ってくれてるよ」

ふたりがじゃれ合っている間に、私はキッチンに向かって朝ご飯の支度を進める。

今日はフレンチトーストとサラダ、いただき物のちょっといいソーセージに目玉焼きを作ってみた。

皿に盛りつけをして、テーブルに並べていく。全てのものが並び終わったくらいの時間に、ふたりは歯磨きを終えてダイニングへやってくる。

「樹里、起きたの？」

「うん、なおくんにおこされた。もっとねたかったのにー」と樹里が頬を膨らませているのに、直樹にはまったく響いていないみたいで、「美味しそうだなー。早く食べよう」と樹里を抱き寄せて笑っていた。

楽しそうに食事をしたあと、朝の支度をして、三人で家を出る。直樹の車で樹里を保育園に送り出したあとは、もう一度戻ってきて車を置く。

そして私がカウンターに入る頃、直樹が出勤のために前を通る。彼に向かって「いってらっしゃいませ」と頭を下げて見送るのが最近のパターンだ。

直樹と一緒に住んでから、毎日が平穏で幸せだ。生活のひとつひとつが特別に感じられる。ひとりの時間になると『ああ、幸せだな』と噛みしめて、早く家族に会いたくなる。

深夜勤務だったスタッフから引き継ぎをしたあと、いつもの業務に入る。今日は特別大きなイベントはないので、受付として立っていることが多くなりそうだ。

しかしこういう日に限ってトラブルが起きたりするので、油断は禁物。

午後三時頃まで静かな時間が流れていたけれど、予感的中。入居者からのコールが鳴り、私は急いで受話器を上げた。

「はい。コンシェルジュカウンターでございます」

『あの、すみません。天野です。僕の家の鍵がちょっとおかしいみたいで、うまく施錠できないんですよ』

「天野様、それはご不便をおかけして申し訳ございません。業者を手配いたしましょうか?」

鍵の業者はどこだっただろうか、とパソコンの中にある業者一覧のファイルを開こうとしていると、電話の向こうの天野さんが話し出す。

『まず一度、一緒に見ていただけませんか?』

「え……?」

『僕のやり方が悪いのかもしれませんし、一度スタッフの方にも確認いただきたいです。松岡さん以外の方でも結構なので』

あいにく、カウンターには私しかいない。

引き継ぎの時間まであと一時間ほどあるし、それまで待っていてもらえるかと聞くと、なるべく早くがいいと言われる。一時間後に仕事で家を出るらしく、それまでに解決したいのだと。

それならすぐに確認して業者を手配しないと間に合わない。というか、それでも間に合うかわからないくらい時間がない。急がなければ。

「では、今すぐ向かいます。少々お待ちくださいませ」

『お手数かけてすみません。よろしくお願いします』

天野さんの家に行くなど気が引けるけれど、私はこのマンションのコンシェルジュだ。それに、ここは監視カメラだって常設されているし、セキュリティに関しても他の高級マンションに引けを取らない。

トラブルなど起きたりしないだろうと高をくくって、彼の部屋まで急いだ。

危険な入居者［直樹ＳＩＤＥ］

俺が本社勤務になってから、すでに一週間が経過した。

最初は挨拶回りが主な仕事だったが、それも落ち着いて、これから携わる予定の新しい都市開発プロジェクトの資料に目を通す。数年後に、世界的に有名なスポーツの祭典が日本で行われる。それに関わる周辺地域の活性化に関する内容だ。

大がかりなプロジェクトなので、これから忙しくなりそうだが、誰かに任せるのではなく、積極的に自分が取り組んでいこうと気合いを入れる。

そんなとき、内ポケットのスマホが震え出した。

仕事の電話だろうとディスプレイを見てみると、そこには樹里の通う保育園の名前が表示されていた。

一緒に住むようになったときに、友里が保育園に、籍はまだ入っていないけれど、俺が樹里の父親だと知らせたようで、何かあったときに友里の次に連絡が行くようにしていた。

友里の両親も日中は仕事をしているので、急な連絡が入っても動けないときが多いらしい。

とにかく、友里ではなく、俺に連絡が来ていることを不思議に思いながら、受話ボタンを押す。

「はい、小野寺です」

『お世話になります、きらり保育園です。お迎えの時間が過ぎているのですが、今日の樹里ちゃんのお迎えはどなたが来られますか？』

お迎えの時間が過ぎている？

保育士からそう言われて、すぐさま壁のかけ時計を見る。現在は六時を過ぎたところだ。この時間になってもまだお迎えに行っていないなんて、おかしい。

友里の仕事は四時半には終わる。それから迎えに行っても、五時過ぎには到着できるはずだ。

どこかで用事があったとしても、こんな時間まで迎えに行かないなど、あり得ない。それに何かあったのなら、俺に連絡が入るはずだ。

「遅くなってしまい、申し訳ございません。すぐ迎えに行きます」

『はい。よろしくお願いします』

これ以上、保育園に迷惑をかけるわけにもいかないし、樹里を置いたままにはできない。

　急いで退勤の準備をして席を立つ。幸い今日は、このあと何も予定がなかったので、秘書に帰る旨を伝えて会社を出た。

　会社の地下駐車場に向かい、車に乗り込む。同時にスマホを Bluetooth に接続して、スピーカーに切り替える。

　友里に電話をするけれど、何度コールしても出ない。

　まだ仕事中か？　何か仕事でトラブルがあったのか？

　そう考え、マンションのコンシェルジュカウンター直通の番号に電話をする。

『はい、コンシェルジュカウンターです』

　応答した相手は友里ではなく、別の女性だった。

「五二〇一号室の小野寺です。恐れ入りますが、本日、松岡さんはご出勤されていますか？」

『申し訳ございません、松岡はすでに退勤しております』

　何だって？　もう帰っている？

　それなのに樹里を迎えに行っていないなど、奇妙なことが起こっている。帰りに事故に遭ったのでは、と嫌な胸騒ぎがし始めた。

『何かございましたでしょうか？』

「いいえ、大丈夫です。ありがとうございます」

『はい。では失礼いたします』


電話を切ったあと、とりあえず急いで保育園に樹里を迎えに行く。そして彼女を引き取ったあと、車に乗せて自宅マンションへと向かった。

「ねえ、なおくん｜。ママ、どこ？」

「今日、用事があって出かけてるんだよ。どこに行くか聞いてない？」

「しらない」

「だよね……」

何も言わずにどこかに行くなんて、友里らしくない。これはまさか、本当に事故に巻き込まれたのではないかと心配になってくる。

警護を依頼している会社に連絡を取ってみても、友里がマンションから出てきていないため、まだ外で待機しているとのこと。

いつも通る道から帰っても、特に事故があった様子はないし、この周辺で事件が起きている報道もない。

ていた。

――友里、どこに行ったんだ？

不安を募らせるけれど、樹里に伝わってしまってはいけないと、その心を押し隠す。

マンションに戻って駐輪場を覗きに行ってみると、そこには友里の自転車が停まっていた。

もしかして部屋の中にいたりして？　体調が悪くて寝込んでいるのかもしれない。

そんな想像をして部屋に戻るが、中には誰もおらず、帰ってきた形跡すらない。いよいよ本格的にいなくなったことを思い知り、危機感を覚える。

友里を探さなければ……。

自転車がここにあるということは、徒歩、もしくは電車やバスを使ってどこかに行った？　それとも、車……か？

友里は運転免許証を持っていないから、誰かに運転を頼まないと車移動はできない。そんなことを頼めるような友人がいると聞いたことはないが……。

想いを通じ合わせて愛し合っているとはいえ、友里に関して知らないことが多いと痛感する。彼女の交友関係をもっと聞いておくべきだった。

「なおくん、おやつたべていい？」

「うん、いいよ」

ダイニングテーブルに着いた樹里は、この前買ってきていたマドレーヌを食べ始めて嬉しそうにしている。

その間に、樹里の面倒を見てもらえる、信頼の置ける人物に連絡をしておく。今から探しに行くとして、樹里の面倒を見ておいてもらわなければ、身動きが取れない。一緒に行くとなると、樹里を振り回すことになるのでかわいそうだろう。

「樹里ちゃん」

「なおくん、じゅりでいいよ」

「え？」

急に何を言われたのかと驚いた。目を丸くして樹里を見ていると、大人びた照れた表情を浮かべて、じっと見つめ返される。

「ママのことは、ゆりってよぶでしょ？　じゅりのことも、じゅりってよんで」

友里のことだけ呼び捨てにしているのが、ちょっと羨ましいらしい。そんなふうに思ってくれることが嬉しくて、友里がいなくなって大変な状況なのに、ほっこりしてしまう。

「急に呼び捨てにしたら嫌かなと思って、樹里ちゃんって呼んでたんだけど……これからは樹里って呼ぶよ」

「うん！」

弾けるような笑顔を見せてくれて、愛おしい気持ちが溢れてくる。この子がいてくれて本当に幸せだと噛みしめた。

「じゃあ、樹里。ママを迎えに行ってくるから、今からうちに来る人と、仲良く待っていてくれる？」

「いいよ」


しばらくして到着した人物に樹里を任せて、俺はある程度の説明を終えたあと、家を出た。

コンシェルジュカウンターに向かうと、先ほど電話応対をしたであろうスタッフが立っている。彼女は夜の時間帯に勤務しているコンシェルジュで、俺が帰宅する時間帯にいつもいる、五十代くらいの落ち着いた女性だ。

「小野寺様、こんばんは」

礼儀正しく頭を下げる彼女に近づいていく。

「あの……変なことを聞いて申し訳ないのですが、今日、松岡さんとの交代のとき、彼女はどんな様子でした？」

「様子……ですか。ええと、今日は交代の時間に松岡さんがいなくて……置き手紙だけ残されていて、顔を合わせていないんです」

「置き手紙？」

「いつもはこんなことはないのですが」と、彼女も不審に思っている様子だ。

「すみません、その手紙を見せてもらえませんか？」

どうしてそんなことを言うのだろうと警戒する彼女に、俺たちが婚約関係であることを伝える。そのうえで帰ってこないのだと告げると、納得してくれた。

「……こちらです」

【今日は体調が悪いので、早めに上がらせてもらいました。申し訳ないです。特に引き継ぎ事項はありません】

そう書かれたメモを見せてもらったが、明らかに友里の字ではない。友里は小さい頃に母の友人から書道を習っていたことがあり、とても美しい字を書く。

それは高校時代に、彼女が取っていたノートを見せてもらったときに聞いたエピソードで、書かれた字はどれもバランスの取れた美しいものだった。

それに比べてこの字は癖があるし、急いで書いたような雑さもある。もしかして、別の人物が書いたものか？

誰かに連れ去られてしまったのではないかと不安がよぎるが、ひとりでどこかに行ってしまっただけかもしれない。

これ以上の詮索はやめたほうがいいかとも考える。しかし、もうすでに時刻は夜七時になろうとしている。友里は、こんな時間まで樹里を置いてどこかに行ってしまうような母親ではない。

もう一度、友里に電話をしてみるが、やはり出ない。

「あの、更衣室に松岡さんの荷物がないか調べてもらえませんか？　もしくは、スマホのバイブ音がしているとか」

荷物を置きっぱなしでいなくなっているのでは、と勘繰るが、まさかそんなことはないだろうと思っていた。

しかし、女性スタッフは更衣室に向かうと、顔色を変えて戻ってきた。

「ロッカーは鍵がかかっているのでわかりませんが、小野寺様がコールされている間、スマホのバイブ音がしていました」

「本当ですか？」

「はい。もう一度かけてみてください」

再び女性スタッフが更衣室に行ったのを見送って、俺は友里に電話をかける。

するとき、やはりバイブ音がしているとのことで、ロッカーの中に荷物が入ったままになっていることがわかった。

「松岡さん、どこに行ってしまったんでしょう？　何か入居者様のトラブルに巻き込まれたとか……。心配ですね」

「僕も嫌な予感がします。お手数ですが、本社に電話をかけてください。繋がったらすぐ僕に代わってもらえませんか？　名前を言えば、上に繋いでもらえると思うので」

察しのいい女性スタッフは、俺が小野寺グループの者だとわかっているようで、すぐに対応してくれた。

本社であるエランコミュニケーションズに電話を入れて、スタッフが一名、就業中にいなくなった可能性があると伝えてもらった。そのうえで俺が同席していることを説明し、上層部へ電話を繋いでもらう。

せいぜい専務辺りが出てくるのだろうと思っていたが、電話に出たのは社長の水原《みずはら》氏だった。

『お疲れさまです、直樹さん。直々にお電話をくださるなんて、珍しいわね』

しっとりとした大人の女性の声。相変わらずお酒を飲んでいるんだろうなと思わせる、少ししゃがれた感じが懐かしい。

彼女と父が古い友人で、俺も幼少期から顔を合わせる仲だった。俺が小さい頃は、水原氏も若いお姉さんで、『綺麗な人だな』と思ったものだ。

その当時は男社会だったにもかかわらず、女社長として会社をここまで大きくしてきたのは、並大抵の努力ではできなかったことだろう。そして事業拡大を目指して、小野寺グループの傘下に入ったというわけだ。

男に勝る気の強さで有名な水原氏の声を聞いて、そんなことを思い出してしまった。

「急な連絡で申し訳ありません。今日は折り入ってお願いがありまして」

『ええ、何かしら？』

実は——と状況を説明する。

御社に勤めている松岡友里は俺の婚約者であり、家族であること。今日、突然に姿を消していなくなってしまったが、更衣室に荷物が置きっぱなしになっていること。

それらを踏まえて、何かトラブルに巻き込まれたのではないかと疑念を抱いていることを伝えた。

「監視カメラの開示をお願いします」

『直樹さんの婚約者か……。あなたもそんな年になったのね』

水原氏の様子を窺いながら、イエスかノーか返事を待つ。

同じグループ会社の人間とはいえ、部外者の俺に監視カメラの開示を許可するほど、人情味のある人かどうかはわからない。断られる可能性だって充分にある。

しかしここで断られてしまえば、探す手立てが消えて、闇雲に探すしかなくなってしまう。

どうか、許可してくれ。

そう願っていると、水原氏は電話越しに吹き出した。

『今ね、こちらからあなたの様子が見えるの。本社では監視カメラが確認できるようになっているのね。……とても心配そうな表情をしているのが見えるわ』

周囲を見渡すと、天井に一台のカメラを見つけた。あれでこちらの様子を見ているのか、と確認する。

『いいわよ、見ても。その代わり、緊急の場合は警察を呼んで。あなただけで対応をしないでね』

「わかっています。危険なことはしません」

『じゃあ、スタッフに電話を代わって。指示をするわ』

感謝の言葉を述べて、女性スタッフへ受話器を渡した。とりあえず許可を出してもらえて本当によかったと、安堵《あんど》のため息が漏れる。

しかし、ここからが大変だ。何十台もある監視カメラの映像を確認して、友里がどこに行ったのか調べなければならない。

コンシェルジュカウンターから離れた時間が、必ずあるはずだ。そのときに、どこに行ったのか。

外なのか、中なのか。

それを確かめるため、俺は女性スタッフと共に、普段はほとんど使用されていない鍵のかかった管理室へ向かうことになった。

迫りくる危機

静かな空調の音が聞こえる。

先ほどまでは水の流れる音がしていたけれど、それも止まったようだ。今はささやかな風の音だけで、それ以外は何も聞こえない。

私は深く眠っていたようで、まぶたが重くてなかなか目を開けられない。ゆっくりと目を開けても視界が定まらず、霞《かす》んでいる。

ぼんやりしながら部屋の中を見ると、真っ暗だ。私はどこにいるんだろうと体を動かしてみると、ベッドの上で仰向けになっているようだった。

しかし四肢は縄で拘束されていて、身動きが取れない。その状況を理解し始めて、だんだん覚醒していく。

何、これ……？　私、どうなったの？

三時過ぎに天野さんから部屋まで来てほしいと言われ、急いで向かった。そして部屋のインターホンを鳴らして、中から彼が出てきたところで、意識がブラックアウトしたような気がする。

彼に襲われた……？

ハンカチか何かで口元を押さえられた記憶があるので、それで気を失ったのかと推測した。

服は着ている。それ以外に、どこか脱がされているような形跡はない。

部屋の隅にデスクトップパソコンがあるようで、モニターの光だけがこの部屋を照らす唯一の明かりだ。その前に座る男性が見えて、天野さんだと気がつく。

どれくらいの時間、眠らされていたんだろう？　この暗さは、カーテンで閉めきっているから？　それとも、もう夜？

樹里のお迎えに行かなければならないし、夕飯の支度だってしなければならない。お迎えに行っていないとなると、直樹に連絡が行くだろうから、帰っていない私を心配しているに違いない。

どうやってこの場を切り抜けようか考えていると、目を覚ました私に気がついた天野さんは、くるりと顔をこちらに向けた。

「おはよう、友里」

パソコンの光が逆光になっているから、天野さんがどんな表情をしているかは見えない。でも、こんな状況なのに弾んだ嬉しそうな声をしている。そして私のことを呼び捨てにしている事実に、恐怖を感じた。

「よく眠っていたね。寝顔もとても可愛かった」

パソコンデスクの前に置かれたチェアから立ち上がり、ゆっくりと近づいてくる。何をする気だろうと身構えるも、体が拘束されていて逃げられない。

空調は適温にされているはずなのに、嫌な汗が止まらない。

「ねえ、友里。どうして僕以外の男と一緒にいたの？　僕が怒らないとでも思った？」

一方的に話しかけられ、その内容も屈折していて、どう答えていいかわからない。彼の言葉を全否定してしまうと、火に油を注ぐ結果になりかねない。出方を間違ったら、取り返しのつかないことになってしまいそう。

「あいつって、小野寺グループの御曹司みたいだね。自分で何も努力せず会社を手に入れて、金持ち培養されてきたような男だよ。あんなやつのどこがいいわけ？」

天野さんは直樹のことを事細かく調べたようで、彼の粗探しをして吹聴してくる。だけど私は、直樹が何も努力をしていないとは思わない。昔から直樹は勉強に関しても努力家だったし、自分が恵まれた環境にいると理解しつつ、周りに感謝を忘れない人だった。

そのうえで、自分に求められていることをよく把握し、会社の未来のために海外に行って勉強したり、最近だって別会社に行って社会人経験を培ってきたりしている。

本社に戻ってからも、他の重役たちに若輩者だとあしらわれないように、あらゆる経験を積んで人間として成長しようと努力をしている人。

それを知らないのに、天野さんは直樹の批判を延々と続けていく。

「お金なら俺だってあるよ。一生遊んで暮らせるだけのお金を持ってる。友里のことを幸せにしてあげられるよ？」

寝転がったままの私の頭を撫でて、にっこりと微笑む。その笑みがとても恐ろしく、狂気を感じる。

「それなのに、何であいつなの。旦那は知らないんでしょ？　不倫してること」

既婚者だと伝えていたので、直樹との関係は不倫だと思っているんだ。

ここも否定せず、とりあえず天野さんの話を聞いておく。

「友里って見た目と違って、大胆だよね。職場で不倫しちゃうし、若くして子どもを産んでるし。そういうところ、嫌いじゃないよ」

彼の手が私の頭から頬へ移る。優しいタッチで何度も撫でて、そのままフェイスラインを下りる。

ひんやりとした指先に怯えていると、首筋へと向かっていった。

「離して……ください」

「やだよ。友里は僕のものだ」

「嫌っ……」

制服のシャツに手が近づいたので、必死に抵抗する。これ以上は黙っていられない状況になってきた。

「何度もお伝えしていますが、私は天野様と個人的に親しくなるつもりはありません。こんなことをしないでください」

「うるさい！　不倫女のくせに、選り好みするんじゃない！」

突然の大声に、泣いてしまいそうになる。男性に対してこれほど恐怖を感じたことはない。

「手荒な真似《まね》はしたくないんだ。抵抗しないで」

再び優しい穏やかな口調になるけれど、天野さんの声は震えている。情緒不安定な様子を感じ取り、この人はとても危険な人物だと改めて察した。

「どうして僕はだめなの？　友里のことをこんなに好きなのに」

再び胸のボタンへと手が近づいてくる。

嫌だ、触らないで。

でも抵抗してしまえば、さっきのように怒るに違いない。今度は大声だけで済まないかもしれないけれど、無抵抗のまま好き勝手されるのも嫌だ。

「そんなに怯えないでよ。愛してあげるだけだよ」

「や……っ！」

「もしこれ以上、僕を拒むのなら、君の大切な愛娘の樹里がどうなるかわからないよ」

樹里の名前を出されて、胸が壊れそうなほど大きく鳴った。

樹里に何かをするの？　なんて卑劣な強請《ゆす》りなのだろう。

怒りと恐怖で体が震える。

「それだけは、絶対にやめてください」

「君の出方次第だよ。可愛く従順になれば、樹里に何もしないであげる」

こんなところで屈してしまうのは悔しい。だけど、樹里に何かをされるくらいなら、私はどうなっても構わない。

樹里は私の命よりも大切な存在。愛する直樹と私の間に生まれた宝物のような娘だ。

樹里に危険が迫ることだけは絶対に食い止めなければ。

「ほら、いい子だ。静かにしていて」

樹里を守るため我慢しなきゃ。

そう思うけれど、目の前の状況が怖くて涙が溢れる。

直樹、助けて。

大好きな直樹の笑顔を思い浮かべて、冷静になろうと言い聞かせる。

私、どうなるのかな?

どんな目に遭わされるのだろうと不安が募る。生きて帰れるのか、そうでないのか。

いろいろなことが頭に巡って怖くなる。

下唇を噛みしめて涙を零していると、インターホンが鳴った。その音でさえ怖くて、ビクッと体を揺らして反応してしまう。

「……誰だ?」

天野さんはベッドのそばから離れ、モニターを確認するために歩き出した。光っているモニターを見たあと、大きなため息を漏らす。

いったい誰が訪ねてきたのだろう、このまま無視するのかと思っていると、彼は通話ボタンを押して返事をした。

「はい」

『天野様、先日お預かりしておりましたクリーニングが仕上がりましたので、お持ちしました』

声のトーンで相手が女性だとわかる。会話の内容から推測すると、コンシェルジュだろう。私のあとにシフトに入っている女性スタッフの声だと気がついた。

普段であれば、クリーニングを部屋に届けるサービスはやっていない。どうして今日に限って……と不思議に思ったが、これは逃げ出すチャンスかもしれない。

ただ、彼女まで巻き込んでしまったらどうしようという迷いもある。彼女も引き込まれたら、被害者を増やすだけ。

「明日そちらに取りに行くんで、今は結構です」

イラついたように話す天野さんは、落ち着きのない様子で足を揺らしている。予想外の訪問者に動揺しているように見えた。

『それがですね……私共の都合で大変恐縮なのですが、クリーニングのご依頼が殺到しており、ランドリールームが満杯でして、入りきらない状況になっております。なので、こうしてお引き取りをお願いに上がった次第です。このまま受領していただけたら助かるのですが……』

なかなか引き下がらないコンシェルジュに業を煮やして、天野さんはまた大きくため息をついたあと、私のほうに顔を向けた。

「声を出したら、わかっているだろうな」

低い声で念を押すので、私はこくこくと声を出さずに頷く。

チャンスがあれば逃げ出したいけれど、失敗したときのリスクを考えると怯んでしまう気持ちもある。

天野さんは私をじっと見つめたあと、玄関へ向かって歩いていった。彼の姿が見えなくなって、少しの間、緊張が解ける。

とはいえ、油断できない状況には変わりないのだけど、いなくなった今この瞬間だけは安全だと思える。

ドアを開錠する音のあと、何やら会話も聞こえてきたが、そのやり取りが思っていたよりも長い。そのうえ男性の声も聞こえた気がした。

……何が起きてるの？

様子を窺いたいけれど、体が動かないから見られない。モゾモゾと動いていると、玄関からの声が急に大きくなった。

「友里！　友里‼　いるんだろ⁉」

聞き覚えのある男性の声がして、ハッとする。

直樹⁉

「やめろ！　不法侵入だぞ！」

「うるさい、友里を返すんだ！」

バタバタと激しい足音がして、私のいる部屋のドアが勢いよく開かれた。

「友里！」

直樹が部屋に飛び込んでくるも、天野さんがその背後から、掴みかかるようにして阻止している。

「直樹……！」

「入るな！　他人の家に勝手に上がり込むなんて犯罪だぞ！　訴えてやる！」

「離せ！」

血相を変えて大声を上げる天野さんを振りほどき、直樹は私のほうへ近づいてきた。

「大丈夫か？」

「私は大丈夫。ありがとう」

私の安否を確認してくれている背後で、椅子を振りかざした天野さんが見えたので、咄嗟に声を上げる。

「直樹！　逃げて！」

私の声に反応した直樹は、天野さんの攻撃を避けて、椅子を持つ手に蹴りを入れる。

するとその衝撃で天野さんは体勢を崩したが、すぐに立て直して、直樹へと突進していく。

闇雲に攻撃する天野さんに対して、直樹には少し余裕があるようで、相手の攻撃を冷静に判断しているように見えた。

昔、武術を学んでいたと聞いたことがある。そのおかげかもしれない。

天野さんの攻撃をひらりとかわしたあと、さらに彼の手を握って動きを制止させる。そのままぐっと大きく曲げて、背後に回ると腕を固定した。

「犯罪者はお前だ。こんな監禁するような真似をして、ただで済むと思うなよ」

「うるさい！　お前なんか、友里の不倫相手止まりのくせに」

「不倫相手……？　何の話だ？」と言う直樹に向かって、天野さんは吐き捨てるように話す。

「だってそうだろう？　友里には旦那がいるんだ。お前たちは旦那に隠れてコソコソ不倫しているだけの関係だろ」

そう言い放つ天野さんに呆れながら、直樹は腕の力を強めた。

「残念だが、俺が友里の旦那だよ。友里の子どもの父親だ」

「え……っ」

「何を勘違いしているのか知らないが、金輪際、俺たちの前に顔を出すな」

私たちが夫婦であると聞かされて落胆した天野さんは、へなへなっと脱力して床に座り込む。それと同時にコンシェルジュの女性スタッフが警察官を中へ案内した。

「小野寺様、警察の方が到着いたしました」

「……ありがとうございます」

天野さんは警察に連行されることになり、私は縄と拘束具を取ってもらって、無事に救助された。

「大丈夫か？」

「うん、ありがとう」

強く抱きしめられて、直樹のぬくもりに包まれる。このままもう会えなくなってしまうかもしれないと思った。

こうしてまた直樹に抱きしめてもらえて、本当によかった……。

恐怖心から解放されて、涙が止まらない。

直樹は私の震える体を撫でて、「もう大丈夫」と何度も声をかけ続けた。

それから私たちも被害者として、警察署へ向かうことになった。

事情聴取が行われ、何度も事件の内容を話した。心身共に疲弊していたけれど、なかなか帰されず、警察署を出たのは夜中の十二時を回っていた。

「樹里は大丈夫かな……」

「大丈夫。安心して任せられる人に頼んでる。九時くらいに寝たんだってさ。心配いらないよ」

「よかった、ありがとう」

直樹がそう言うのなら、安心していいのだろう。明日の朝、預けたところに迎えに行こうと提案され、静かに頷いた。

樹里が無事でよかった。私ひとりだけだったら監禁されたまま迎えに行けず、保育園にも迷惑をかけただろう。直樹は樹里を迎えに行って、それ以外のことも全て対応してくれた。

頼れる人がそばにいることが、こんなにも心強いとは。直樹の存在が本当にありがたい。

それから、直樹の運転する車はマンションではなく、有名な高級ホテルへと入っていった。

「あの、っ……直樹……?」

「今日はあのマンションに帰るのは嫌だろう。とりあえずここで一泊して帰ろう」

事件のあった場所に帰るのはかわいそうだと、配慮をしてくれたらしい。

だけどふたりでホテルなんて……緊張してしまう。

今日はいろいろあったし、想像するようなことはないと思うけれど……。

このホテルは前にも来たことがある。大学生の頃、初めて直樹と行ったホテルだ。

あのときも今と同じように、ドキドキしながら後ろについていったっけ。

すでに手配をしてくれていたようで、フロントで鍵を受け取ると、すぐに宿泊階のフロアに向かう。

私たちの部屋は、広々とした豪華なスイートルームだった。

「うわあ……すごいお部屋。ふたりで泊まるには広すぎない？」

「ふたりきりで泊まれるなんて、この先もうないかもしれないだろ？」

いたずらな笑みを浮かべて、直樹は私を奥の部屋へとエスコートする。

西洋風の部屋の中にはシャンデリアがぶら下がっていて、ソファやテーブルなどもアンティーク調で上品なデザインになっている。

より奥にある寝室を覗くと、天蓋付きのキングサイズのベッドが見えた。それに反応して胸をざわつかせていると、クスッと笑った彼が包み込むように抱きしめてくる。

「今日は疲れただろ？　何もしないから緊張しないでいいよ」

「あ……えっと……」

そわそわしていたから、緊張しているのがバレたのかな。恥ずかしい……。

「それよりも、友里が無事で本当によかった」

「うん」

いなくなってしまった私を心配して、手を尽くして探し、見つけてくれた。

エランコミュニケーションズの社長に直訴し、監視カメラの解析をして、居場所を突き止めたと聞いた。

「ごめんね、心配かけて」

「友里が謝ることはないよ。友里は何も悪くない」

そう言って、優しく頭を撫でてくれる。温かくて大きな手に撫でられていると、とても安心する。

「友里が見つかるまで、生きた心地がしなかった。無事で本当によかった……」

「助けてくれて嬉しかった。ありがとう」

彼の腕が緩んで、顔を上げると目が合う。「疲れただろう」とソファに座るように促された。

「エランの社長に、友里を見つけたらすぐ警察を呼ぶように言われたのに、待っていられなくて俺が突入してしまった。友里を助けるのは、俺じゃなきゃ嫌だったんだ。だめだなー、友里のことになると周りが見えなくなる」

「直樹……」

私も逆の立場だったら、必死で探し回っただろうし、直樹を助けたいと危険を顧みず助けに行っただろう。

「こんなときに言うのはよくないと思うけど……俺はすぐにでも結婚したい。友里の旦那として、ちゃんと友里と樹里を守りたいんだ」

同居してくれているだけでも、幸せなことだと思う。それなのに籍を入れたいと望んでくれて、とろけてしまいそうなほどの幸福感に包まれる。

「強要したくないし、友里たちの気持ちが向くまで待とうと思っていたけど、今回のことがあって、早くちゃんと家族になりたいと思ったんだ」

「直樹は……それでいいの？　無理してない？」

私が勝手に子どもを産んだから、責任感でそう言っているんじゃないかという不安が消えない。

私がいなければ、もっと相応しい相手と結婚できたかもしれないのに。

「無理なんてしてない。友里がいいし、友里以外とは結婚したくない」

何の迷いもないまっすぐな瞳に捕らえられて、心を打たれる。

彼の誠実で真剣な想いを受け止めて、今まで私が悩んでいたことは杞憂《きゆう》だったのだと気づく。

「樹里を産んでくれて、俺たちに強い絆《きずな》を残してくれていたことに感謝する。そんな友里を心から愛しているし、これからもずっと愛し続ける自信があるんだ」

「うん……」

嬉しい言葉たちに、涙が零れていく。

私も直樹を愛しているし、これからもずっと愛していく自信があるよ。

だってあなたがいなくても、この先ずっと愛し続けるって思っていたくらいなんだから。

「過去に、俺の母親に反対されたかもしれないけど、もうそんな心配はしなくていい。全部俺が解決してみせるし、今は周りに文句を言わせないほどの力はあるつもりだ。信じてついてきてほしい」

目の前の愛おしい人は、大人としての魅力を増し、素敵な男性となって私を迎えに来てくれた。

この人となら、どんな困難でも乗り越えていける。どんなときでも私や樹里を守ってくれる。その信頼に満ちている。

もう逃げない。この愛を受け止めて、自信を持って生きていきたい。

「だから、俺と結婚してくれる？」

「……はい」

「いいの？」

「うん。直樹の奥さんにしてください」

私がそう答えると、直樹は今までに見たことがないくらいの喜びに溢れた表情をして、うっすらと涙を浮かべていた。

「もう絶対に離さない」

「うん……！」

ひとしきり喜んだあと、直樹は私の体を再び抱きしめた。気が済むまで抱き合ったあと、そっと解放される。

ネクタイを緩める直樹は、安堵のため息をついた。やっとリラックスできたようで、ソファに体を預けて脱力する。

「お風呂に入ろうか」

「そうだね」

「……一緒に入る？」

まさかそんなことを言われるとは思ってもみなかったので、ボンッと爆発したみたいに顔が熱くなった。きっと私、茹でダコみたいに赤面しているに違いない。

「バカ！」

「冗談だよ。……本当は入りたいけど」

いたずらそうに笑う直樹につられて、私も笑う。

「やっと笑った」

「……あ」

そういえば、ずっと緊張しっぱなしで笑っていなかった。気持ちが張りつめていたことに気づく。

「友里を抱きしめて眠りたい。ちゃんとここにいるんだって実感しながらじゃないと、眠れそうにない」

「うん」

真剣な表情に変わった直樹は、私を熱く見つめて、まだ熱の引かない頬を撫でた。

「好きだよ、友里」

彼の顔が近づいてきて、自然に目を閉じる。そっと柔らかな唇の感触がして、その甘いキスに溺れていく。

ふたりきりの時間。

離れるのが惜しくて、結局ずっとくっついていた。

無事だったことを喜び、お互いを大切に想う気持ちをぶつけ合って、私たちはベッドの中で抱き合いながら眠りについた。

朝目覚めると、見慣れない光景に、一瞬戸惑った。

ここはどこだっけ？と慌てたけれど、隣ですやすやと眠る直樹を見て、昨夜のことを思い出した。

「昨日、ホテルに泊まったんだ……」

何もしないと言っていたのに、お互い何も着ていないことに、ふっと笑ってしまう。

もう一度シャワーを浴びてから支度を始めようと、バスルームへ向かう。水回りも完璧なほどに清潔で気持ちいい。アメニティ類も充実していて、何の不便も感じない。

私が働くマンションでは、入居者からの意見として一流ホテルのような対応を望まれることが多く、コンシェルジュにも細やかなサービスが求められている。

例えば、入居者のお連れ様が急な宿泊になったとき、アメニティ類の取り扱いはないのかと問い合わせがある、と深夜勤務のスタッフから聞いたことがあった。

コンシェルジュカウンターでも、ここのホテルのようなアメニティ類を用意しておくと、より入居者やお連れ様に喜んでもらえるかもしれないなと考えて、あれこれ仕事に結びつけている自分に驚く。

今回、事件に巻き込まれたけれど、仕事を辞めたいとは思っていなくて、むしろあいうことがあったからこそ、これからどうしていくべきかを率先して検討していきたいと願う。

そんなことを考えつつシャワーを浴びていると、バスルームのドアが開いて驚く。

「きゃあぁ！　直樹！」

「俺も一緒に入っていい？」

「だめ、恥ずかしいからっ！　……って言ってるのに、入ってきてる！」

昨夜は一緒に入るのを回避できたのに、不意打ちだと逃げられない。背後からぎゅっと抱きしめられ、泡がお互いの体について、くすぐったい。

「起きたら友里がいなかったから、探した」

「ごめん……！　シャワー浴びたくなっちゃって」

「お仕置きだ」

くすぐるように触ってきて、きゃははと笑いながらじゃれ合う。

裸が恥ずかしいことを忘れるくらい、笑い合ってはしゃいでしまった。

お互いの体を洗い合って、バスタイムは終了。上がったあとは髪の乾かし合いをして、片時も離れようとしない。

こういうことに慣れていないせいで、嬉しい反面、戸惑っている部分もある。そんな微妙な表情を見抜いたのか、直樹が私の頬を優しくつねる。

「どうしたんだよ？」

「他の人に見せられないくらい、イチャイチャしてて恥ずかしいよ。仮にも子持ちなのに……」

「そんなの関係ないだろ。今までできなかった分を取り返さないと」

結婚が決まったことで安心し、今まで抑えていた反動が出ているのか、スキンシップが止まらない。そのあとも何度も何度もキスをしたり、抱き合ったりして愛を確め合った。

もっとずっとこうしていたいけど、そろそろそれも終わり。

「一度家に帰って、服を着替えよう。今から行くところは、正装のほうがいいかも」

「正装……？」

どこに行くのか尋ねても、直樹は「内緒」と言うだけでヒントもくれないし、教えてくれない。

「もう」と膨れっ面をしてみても、楽しそうにキスをされるだけで、彼は教えるつもりがないらしい。

ホテルを出たあと、一旦マンションへ戻る。直樹はマンションに行くことをかなり気にしてくれている様子だけど、一日経過したおかげか、心理的なストレスは感じなかった。

以前彼に買ってもらった、フォーマルな場面に対応できる清楚《せいそ》なワンピースに身を包む。そして、それに合わせたパステルカラーのパンプスを選んでみた。

スーツに着替えた直樹も、いつもより心なしか気合いが入っている様子。

「友里、綺麗だよ」

「直樹も、とても素敵だよ」

お互いに褒め合って、微笑み合う。

そのあとまた車に戻り、運転席に乗り込んだ直樹は、こっちを向いて真剣な顔で話し出す。

「実は……樹里は俺の実家にいる」

「え……？」

私が今回の事件に巻き込まれたとき、直樹は探し回るために、樹里のことは信頼できる人に任せたと言っていた。てっきり私はどこかの保育施設、もしくは顔見知りのベビーシッターさんに頼んでいるものと思い込んでいた。

まさか、彼のご両親だったとは——。

「ご両親は平気なの？」

「心配しなくて大丈夫。今から見てみればわかるよ」

何かを思い出し、吹き出しそうになっている直樹を見て不思議に思うけれど、彼がそう言うなら大丈夫なのだろう、と受け止める。


五年前に一度訪れたことのある小野寺邸に到着し、中へと入っていく。

家の内装は細やかなメンテナンスがされているようで、五年経った今のほうが、より綺麗になっている気がする。玄関も廊下も和の雰囲気を大事にしつつ、モダンなデザインになっていて、センスのよさを感じた。

「ここだよ」

案内された場所のドアを開けると、そこには可愛らしいピンク色のインテリアで統一された女の子の部屋があった。

「ママ!」

部屋の真ん中でおままごとをして遊んでいた樹里が私に気がつき、一目散に走って、足元に抱きついてきた。

「ただいま、樹里。ごめんね、急にいなくなったりして」

「あいたかったよ、ママ」

目線を合わせるようにしゃがみ込み、涙を浮かべる樹里を抱きしめる。

まだ四歳なのに、ひとりでお泊まりなんて寂しかっただろう。小さな体をぐっと抱きしめて、そのぬくもりに再び会えたことに安心する。

「友里さん、無事で本当によかった」

樹里と抱き合っていると、上のほうから直樹のお母様の声がしたので顔を上げた。

久しぶりに見る直樹のお母様と、初対面のお父様に挨拶をするため、急いで立ち上がった。

「ご無沙汰しております。このたびは、何と言っていいか……。いろいろとご迷惑をおかけして、申し訳ございませんでした」

深く謝罪する私に慌てるふたりは、「頭を上げてほしい」と声をかけた。

「謝らないといけないのは私よ。五年前に、あなたにひどいことを言ってしまった」

悲痛な表情を浮かべる彼のお母様を見て、胸を痛める。

「いいえ、そんなことはありません。私こそ、忠告されたにもかかわらず、こうして勝手に子どもを産んでしまい、申し訳ないと思っています」

自分勝手な私を許してもらえるとは考えていない。激高されて当然だ。

樹里を産んだことは後悔していないけれど、小野寺家に迷惑をかけたことは、ちゃんと謝罪しなければならない。

「友里さん、僕たちは君に感謝しているんだ」

「え……?」

お父様の優しい声色に、驚いて再び顔を上げる。直樹の両親は揃って温かな笑みを浮かべて、私に語りかけるように話し出す。

「直樹は本当に君のことが好きだったんだろうね。君と別れてから、人が変わったようになってしまった。よく言えばクールだったんだろうけど、感情を出さず淡々として、他人に興味がないみたいに冷めたところが目立つようになった」

確かに、再会した頃の直樹は、そんな感じだったかもしれない……。

お父様の話に耳を傾けながら直樹のほうを見ると、過去の話をされて身の置き場がない様子だ。照れたような、困ったような複雑な顔をしている。

「結婚にも恋愛にも、興味がない感じだったから……このまま一生、独身なんじゃないかと心配したほどだったんだ。きっと、君を失ったショックが相当大きかったんだろうね」

「私が無理に引き離したからよね。本当に悪いことをしてしまったと後悔していたわ。友里さん、直樹、本当にごめんなさい」

　私たちが再会したときから直樹は目に見えて変化し、もとの直樹に戻ったようで、ご両親が喜んでいたら、実は孫がいることが発覚。

　このままずっと独身じゃないかと気を揉《も》んでいたところに、結婚の可能性が出てきたので、とても喜んだと話す。

「義母は厳しい人だったから、直樹の結婚に関しても口うるさく言われていたのだけど、今はもう大丈夫。ふたりがいいと思うタイミングで結婚していいのよ」

　絶対に反対されると思っていたのに、こうして喜んで迎えてくれることが、信じられない。

「じゅりねー、おばあさまといっしょにねたんだよ」

「ねー。楽しかったわよね」

「うん」

樹里もすっかり直樹のご両親と仲良くなったようで、安心する。

目尻を下げて樹里を可愛いと撫でるご両親は、樹里の存在を心から喜んでくれているように感じられた。

「俺たち、すぐにでも籍を入れようと思う」

「そうだな、そうしなさい。樹里ちゃんの父親として、ちゃんとしないとな」

「ああ」

男同士で話すふたりを見て、また一段と男らしくなった直樹に胸をときめかせる。

直樹と結婚。こんなこと、絶対に起こらないと思っていた。

樹里とふたりだけの人生を送り、直樹への想いを胸に秘めて、生涯独身で生きていくつもりだった。

それなのに再会して、また昔のように愛してもらえて……。私はどれだけ幸せ者なんだろう。

嬉しさで胸がいっぱいになって、涙が溢れてくる。

「今まで苦労をかけたね。これからは、直樹とふたりで幸せになるんだよ。僕たちも力になれることがあれば、何でもするから。いくらでも頼ってほしい」

「ええ、そうよ。樹里ちゃんの面倒をたくさん見たいわ。会えなかった分の時間を、これから埋めないとね」

こんなに温かく私たちを包んで、家族として迎えてくれようとするご両親の優しさに感激し、涙が止まらなくなる。

「ありがとうございます」

涙を零しながら微笑む私を見つめ、直樹はとろけそうな甘い顔をしてくれる。

そして私の涙を拭い、肩を抱き寄せた。

「今度こそ幸せになろう」

「うん」

今度こそ、三人で――。

離さない

それから半年後。天野さんはあの事件以外にも、取引上の不正や巨額の脱税が発覚し、実刑が下されることになった。マンションからも強制退去となり、彼の姿を見ることはなくなった。

私たち三人は、しばらくはマンションで暮らしていたものの今は引っ越し、かれこれ三ヵ月ほど直樹の実家にお世話になっている。

彼のご両親とうちの両親が住む家の中間くらいの距離のところに、私たちの一軒家を建てることになり、現在建設中なのだ。

もともと人見知りしない樹里は、優しいおばあ様と、さらに甘々なおじい様に可愛がられている。

広い家だから、一緒に住んでいてもプライベートは守られているし、家事はお手伝いさんがやってくれるので、とても楽をさせてもらっている。

さて、今日は六月の大安吉日の日曜日。待ちに待った、私と直樹の結婚式。

最近できたばかりのホテルのウェディングフロアで、式をすることになっていた。

そのフロアの一角にある新婦用の控室に、私はいる。

「ん～、完璧！　我ながら自分のセンスのよさに感激して、震えちゃうわ」

私の目の前にいるのは、オートクチュールドレスを専門に扱う『Valerie《ヴァレリー》』というブランドの男性デザイナー。

がっしりした筋肉質の体をしているのにオネェ口調の、インパクト強めな人物。腕は確かだということで、今回お願いすることになった。

「藤崎《ふじさき》さん、このたびはありがとうございました。挙式当日まで参加してくださるなんて、何とお礼を言ったらいいいか」

「いいのよ。お腹にちゃんとフィットしているか、本番でも見ておきたかったし」

実は私、現在、妊娠四ヵ月。最初にドレスをオーダーして、採寸をしてもらったときには妊娠に気がついていなくて、後日お腹の周りだけサイズを修正してもらうことになってしまった。

「このドレスは比較的、お腹周りがゆったりしているデザインだったから、目立たないわね」

ナチュラルな雰囲気が好みだったので、エンパイアドレスをお願いしていた。スカートの部分は繊細なレースがメインのシンプルな感じで、身頃部分は刺繍《ししゅう》やビーズが施してあり、豪華になっている。

理想通りの仕上がりに、胸が躍る。早く直樹に見せたい。それから直樹は、どんなふうに仕上がっているんだろう？

お互いに当日まで内緒にしておこうと、個々でオーダーしていた。だから、彼の姿を見るのが楽しみで仕方ない。きっと想像以上に素敵になっていると思うから。

「体調が最優先よ。無理はしちゃだめだからね」

「はい」

そして、藤崎さんと入れ替わりで入ってきた直樹を見て、思わず息を呑《の》む。

ネイビーの細身のタキシードに身を包んだ直樹は、いつもより一段と格好よくて、思わず見とれてしまうほどだった。

「わあ……っ、直樹、素敵！」

「……そう？」

フォーマルな格好をしている直樹は、痺《しび》れるくらい格好いい。この人が自分の旦那様になったことが信じられない。

「友里も、とても綺麗だよ」

「ありがとう。最終調整してもらったから、お腹もすっきり」

最近、お腹が少しずつ目立つようになってきたところ。初期はつわりがひどくて、毎日がつらかった。

直樹の実家にお世話になることになったのは、彼のご両親が、つわりのひどい私を心配して、樹里のお迎えやお世話を手伝いたいと申し出てくれたからだった。

だんだんつわりも落ち着いてきたのでよかった。挙式の日に体調が悪かったらどうしようかと心配していたから。

直樹は私のそばまで来ると、そっと抱き寄せた。そしてお腹を優しく撫で始める。

「体調は大丈夫？　無理してない？」

「うん、大丈夫だよ」

ふたりで見つめ合っていると、ドレスの裾を引っ張られた。足元を見てみると、そこにはドレスを着た樹里が、上目遣いでこちらを見ている。

「ママ」

「樹里！」

樹里の分のドレスも製作してもらい、小さなプリンセスになっていて可愛い。うちの両親に連れられて控室にやってきたようだ。

「ママ、おひめさまみたい。かわいい」

「ありがとう。樹里もお姫様みたいよ。とっても似合ってる」

お互いに褒め合っていると、直樹は樹里のことを抱き上げて、私たちの視線を同じくらいの高さにした。

「こんなに綺麗な奥さんと、可愛い娘に恵まれて、俺は幸せ者だな」

とろけるような幸せな表情を浮かべて、私たちを見つめる直樹に、また胸をときめかせる。

私のほうこそ、直樹と出会えて、恋をして、可愛い樹里を産めたことに感謝している。そしてまた、新しい命に出会えて幸せなんだよ。

「パパ」

「……えっ？」

「樹里……今、俺のこと、パパって呼んでくれた？」

「うん。なおくんは、じゅりのパパでしょ？」

最初に直樹と出会ったときは、彼のことを父親だと言っていなかったため、直樹のことを『なおくん』と呼んでいた。父親だと告げたあとも、そのままの流れで『なおくん』だったのだけど――。

「パパ。これからはずっといっしょにいてね」

「もちろん。ずっと一緒だよ」

「パパ、だいすき」

そう言って、樹里は直樹に抱きつく。思わず涙ぐむ彼は、小さな体をぎゅっと抱きしめた。

「俺も大好きだよ。樹里のことも、ママのことも愛してる」

私の体も引き寄せ、三人で……いや、四人で抱きしめ合う。

いろいろ遠回りしたけれど、こうして一緒にいられることを大事にしたい。いつまでも思いやりを忘れず、そばにいる家族に感謝しながら生きていきたい。

これからはずっと、一緒にいよう。

もうこの手を離さない、絶対に。

私たちは手を繋いで歩き出す。明るい未来に向かって。

特別書き下ろし番外編

三人への贈り物

事件も落ち着き、私と直樹、それから樹里の三人で、マンションで生活をしていた頃。お互いの両親への挨拶も終わり、あとは籍を入れるだけの状態になった。

それと同時に、並行して結婚式の準備も進めている。

婚姻届は記入済みで、次の一緒の休みに出そうか――なんて話している。

私たちの挙式は『Platinum《プラチナム》 Wedding《ウエディング》』という会社に依頼して行うことになった。すごく有名なブライダル会社で、まさか自分の挙式をそこにお願いすることになるとは思わなかった。

テレビや雑誌でよく見ている会社にお願いできるなんて……。一児の母になってずいぶん経つのに、こんな乙女気分を味わえるとは予想外で、挙式のことを考えると自然に胸が弾んでくる。

その Platinum Wedding は、『Valerie』というオートクチュール専門のウェディングドレスブランドと提携していて、自分だけの素敵なドレスを作ってもらえる。

そのドレスの採寸も終わり、挙式の内容をいろいろ詳しく決めていくところまで来ている。こんなに幸せでいいの？と不安になってしまうくらい、直樹に大事にされて幸せな日々。

そんなとき、コンシェルジュカウンターに立っていると、急な眩暈《めまい》に襲われた。

「何だろう……これ」

どうしてこんなに気分が悪いんだろう。

ここ最近、樹里が体調を崩すことはなかったし、直樹と住むようになって家事の分担もしているから、生活は楽になっているはずなのに。

ぐるぐると目が回って、一旦しゃがんでいると落ち着いてきた。しかし、またいつ眩暈が襲ってくるかわからないので、とりあえず椅子に座って仕事を続ける。

どうしたんだろう、私……。たまたまだったらいいけど。

そのあとは体調が悪化することもなく、夕方からは樹里のお迎えと夕飯の支度……と、忙しい時間を過ごしていた。

「樹里、そこのお箸、取ってくれる？」

「はーい」

もうすぐ直樹が帰ってくる。私と樹里は三人分の料理をテーブルに並べて、彼の帰りを待っていた。

最後にコップを並べて準備完了というときに、また昼間のような眩暈に襲われる。

「あ……」

「どうしたの、ママ？」

「ごめん、ちょっと座るね」

貧血かな……。目の前が暗くなってきた。ああ……気持ち悪い。

ふらふらした足つきでリビングのソファまで向かい、そのまま横になる。異変を察知した樹里が、急いで駆け寄ってきた。

「ママ、くるしーい？　いたい？」

「ちょっと気分が悪くて……ごめんね」

「かわいそーに……。じゅりが、よしよししてあげる」

樹里が病気になったときや、怪我をしたときにしてあげるような仕草をされて、体がつらいながらもほっこりする。

横たわる私の頭を優しく撫でて「いたいの、いたいの、とんでけ〜」と言う。

「なおくん、まだかな」

自分ひとりでは対処できないせいか、樹里は不安そうな声でそう呟いた。

安心させてあげるために返事をしたいけれど、気分がなかなか優れなくて答えられない。落ち着くまで目を閉じていると、玄関のほうから開錠する音が聞こえた。

「なおくーん！」

バタバタバタ……！と激しい音をたてて玄関に猛ダッシュする樹里に『大きな足音をたててはだめ』と言いたいけれど、そんな元気がない。

「なおくん、ママがしんどいって」

「ええ?」

「ねんねしてるから、みにきて」

おかえりのハグやキスをすっ飛ばして、私の不調を伝えてくれたみたい。動けずにいる私のそばに直樹を急いで連れてきた。

「友里、大丈夫か?」

近くに寄って話しかけてくれる優しい声に、すごく安心する。

「熱……ではなさそうだな。どうしたんだろう」

じんわりと冷や汗をかいていたみたいで、額に貼りついていた前髪を、そっとかき上げられる。

「ごめん……しばらく横になっててもいい？　少しすれば落ち着くと思う」

ているようだ。

「本当に大丈夫？　医師に連絡しようか」

直樹は横たわる私を心配そうに見つめ、どうすればいいか最善の方法を考えてくれているようだ。

このマンションには連携している医師がいるため、緊急時にすぐ駆けつけてくれるようなサービスがある。とはいえ、ただの貧血だろうし、受診するほどではないと判断する。

「ううん。とりあえずこうしていたら、マシになると思う……」

私たちのそばで心配している樹里は、何かできることはないかとそわそわしている様子。私の世話を焼こうとしてくれているけど、今はそっとしておいたほうがいいと考えた直樹は、自分が着替えをするから、そっちを手伝ってほしいとお願いした。

「もー、なおくんってば。じゅりがいないと、おきがえできないなんて、あかちゃんみたいね」

「ごめんごめん。そう言わずに手伝ってよ」

「ごめんは、いっかいだよ」

「はい。ごめんなさい」

しっかり者の樹里に圧倒されながらも、別の部屋に連れていってくれた。静かになった部屋でじっとしていると、少しずつ気分の悪さが引いていく。

「はあ……」

大丈夫になったところで体を起こす。まだふらふらするけれど、さっきよりはずいぶんマシになった。

ちょうどそれくらいに、部屋着に着替えた直樹と樹里がリビングに戻ってくる。

「もう起きて大丈夫なのか?」

「うん、大丈夫。ごめんね、驚かせて」

「気にしないで。それより……急にどうしたんだ? 体調が悪い? やっぱり病院でちゃんと受診したほうが……」

貧血なら今までも、ごくたまに起きることがあった。健康診断でも貧血気味だと指摘されたことがあるし、大きな病気ではないと思うんだけど……。

でも、こんなに頻繁に起きるのはおかしい。何か体に異変があったからなのではと心配になる。

「そうだね。検査……受けたほうがいいのかも」

「なら、俺の知ってる病院を予約しておこうか?」

「じゃあ、お願いしてもいい?」

今度の休みに受診しようかとなったところで、ふと思考が変わる。

待って。そういえば私……今月、生理が来ていない。遅れて二週間以上経っている。

心当たりがあるかと言われれば、大いにあって……。もしかして、私――。

「直樹、今から車って出してもらえる？」

「それは構わないけど……どうしたの？」

「近くのドラッグストアに連れていってほしいの」


了承した直樹は、私と樹里を乗せて、近くのドラッグストアへ向かってくれた。

車の中に直樹と樹里を待たせておいて、妊娠検査薬を買ってくる。

違ったら、それはそれでいいんだし。妊娠していなかったら、病院の予約を取ってもらおう。

「お待たせ」

「もう大丈夫？　帰る？」

「うん、帰ろう。樹里もついてきてくれてありがとう」

「はーい」

レジ袋をきゅっと握りしめて、マンションへ帰る。

部屋に戻って、すぐに夕飯を食べることにした。冷めてしまったから、電子レンジで温め直して三人で食事をする。

夕飯が終わり、片付けをしようとしたところで、キッチンに直樹がやってきた。

「無理しなくていいよ。洗い物は俺がやるし」

「でも」

「いいから。体調よくないだろ？」

直樹は軽く汚れを落とした食器を食洗器に並べて、スイッチを入れる。彼のお言葉に甘え、私は片付けを任せてトイレへと向かった。さっき買った妊娠検査薬を使うためだ。

前にこれを買ったのは五年前。あのときも、今のように緊張していたっけ。

判定結果が出るまでドキドキしながら、数分待つ。

「出た……」

——結果は陽性だった。

嘘……本当に？

いつも通りのへこんだお腹に手を当てて、ここに新しい命がいるのだろうかと思うと、不思議な気持ちだ。

もう一度、妊娠できるなんて……。

あの愛おしくて幸せな時間を過ごせる。今度はそれを大好きな人と共有できる。それが嬉しくてたまらない。

結果の出た妊娠検査薬を持って、急いでキッチンへと向かう。早く直樹に伝えたくて、足早に廊下を歩いた。

「直樹！」

「……ん？」

洗い物が終わって、リビングでテレビを観ている樹里の隣に座ろうとしていた直樹を呼び止める。

興奮気味に声をかけてきた私に驚きつつ、彼は「どうしたの？」と優しい声で尋ねてくる。

「あのね……私……妊娠したみたいなの」

「え……っ⁉」

目を丸くして驚く直樹の前に、妊娠検査薬を差し出す。

「ほら……見て」

くっきりと縦線の入った妊娠検査薬を受け取り、直樹はしばらく石像のように固まっていた。

「直樹……？」

もしかして……嬉しくなかった？　子ども、欲しくなかった……かな。

何も言わなくなった直樹に、不安が募る。

嬉しいのは私だけだったのかもしれないと思ったところで、彼は急に動き出して、私の体をぎゅううっと強く抱きしめた。

「友里〜っ！」

「直樹!?　どうしたの？」

「嬉しい……！　友里、ありがとう!!」

私以上に興奮している直樹は、いつになく嬉しさを体現するように抱きしめ続ける。

その様子をキョトンとした顔で見ている樹里には、何が起こっているのか理解できない様子。

「だから体調が悪かったってことだよな？」

「そうだね。きっと、つわりだったんだと思う」

とりあえず、大きな病気ではないことがわかったからよかった。

そのうえ妊娠していることが判明して、嬉しさが倍増する。

「ママ、つわりってなに？」

私たちの足元に来て不思議そうにしている樹里を見て、ふたりで顔を見合わせる。

本来なら心拍が確認できてからだったり、安定期に入ってから報告したりするものだけど、この喜びを樹里とも分かち合いたい。

そう思った私と直樹は、隠さず本当のことを話すことにした。

「樹里、ママのお腹の中に赤ちゃんがいるんだ。樹里はお姉ちゃんになるんだよ」

「おねえちゃん……？」

「そう。妹か弟ができるんだ」

保育園のお友達に兄弟ができたという話を聞いたり、絵本の中で姉妹の話が出てきたりするので、家族が増えることがあるというのは漠然と知っているらしい。意味を理解すると、樹里の顔がぱあっと明るくなる。

「あかちゃん、くるの？」

「そうだよ」

「すごーい！　じゅり、おねえちゃんになる！」

樹里も直樹も赤ちゃんができたことを喜び、舞い上がってくれるから、嬉しくなる。

「友里、早く婚姻届を提出しに行こう。病院も予約しないといけないし……それから家も。子どもが生まれてくるまでに家を建てて、新しい家で赤ちゃんを迎えよう」

「直樹、落ち着いて」

「落ち着けるわけないだろう。こんなに嬉しいのに！」

あれもこれもと興奮しながら話す彼を見ていると、心底喜んでくれていると伝わってくる。

彼が言うように、早く籍を入れるべきだ。ちゃんとした夫婦になって病院に行くのがいいだろう。それから家も。

このマンションは住み心地がいいけれど、事件が起こったこともあり、いずれは引っ越しを考えていた。

それは、もっと三人での生活に慣れてからと思っていたけど――。

これから赤ちゃんを迎えるのであれば、お腹が大きくなる前に引っ越すほうがいいはず。

「直樹」

「ん？」

あれこれと考えている直樹のほうを向いて、じっと見つめる。

あなたがいたから、私はこんなに幸せな気持ちにしてもらえている。家族が増えることも、これからずっと一緒にいられることも、感謝の気持ちしかない。

毎日直樹の顔を見るたびに、愛おしいと感じている。

「これからも、ずっとよろしくお願いします」

「どうしたの、改まって」

「私……直樹にたくさん幸せをもらってるから。直樹に好きになってもらってなかったら、今の私はないんだと思って」

特に共通点があったわけでもないのに、直樹は私を見つけて好きになってくれた。彼が積極的に声をかけてくれなかったら、樹里が生まれることもなかった。

「それを言うなら、俺のほうこそ。友里に好きになってもらえていなかったら、幸せになれていない。現に離れていた時期は、すごく屈折した性格になっていたし」

再会したときのことを思い出し、顔を見合わせて吹き出す。

「俺こそ、これからもよろしく。友里のことを全力で支えるし、樹里のことも、これから生まれてくる子のことも、世界一愛すから」

「ありがとう」

ふたりの間に甘い時間が流れようとしたとき、足元の樹里が、私のスカートの裾を引っ張った。

「らぶらぶ……ずるいー。じゅりも」

はい、と手を上げて抱っこをせがまれる。

「ごめん。俺たち、樹里がいて幸せだなって思ってたんだよ」

「じゅりも、しあわせだよ。ママもなおくんもだいすき！」

直樹に抱っこされて、樹里は嬉しそうに微笑む。

「樹里。そろそろ俺のこと、パパって呼んでくれてもいいんだけど。俺がパパだって知ってるでしょ？」

「うーん。はずかしーから、もうちょっとまってて」

「……はい」

樹里にたしなめられた直樹は、「樹里には敵わないな」と苦笑する。

ふたりのやり取りを見ていると、つられて顔が綻ぶ。

全てのことに感謝して、明るい未来を想像する。

いつまでも幸せが続くことを祈りながら、私たちはそっとお腹に手を当てた。

END

あとがき

初めましての方も、そうでない方も、こんにちは。藍川せりかと申します。

このたびは、ベリーズ文庫二作目の『秘密の出産が発覚したら、クールな御曹司に赤ちゃんごと溺愛されています』を手に取っていただき、ありがとうございます！

今回のテーマは、シークレットベビー。昔から小説やコミックでシークレットベビーものを読んでは『いつかは私も書いてみたい』と思っていた内容でした。

好きな人の子どもを身ごもったけど、身を引くヒロイン。そして再会。こじれている関係から、少しずつ誤解が解けて愛が復活していく過程が大好きなんです。

しかし書いている途中、今までの私の作風にないシリアスな展開や、すれ違いの多さ、過去のシーンがあることについて、いろいろと頭を悩ませました。

本当に面白いのか、読者様にちゃんと伝わるだろうか、と心配でたまりませんでしたが、友里と直樹の過去を丁寧に書かないと、ふたりの愛情の深さを伝えることができないと思い、省くことなく書くことにしました。

読者様の反応がどんなふうになるだろうとドキドキしましたが、そんな心配を吹き飛ばしてくれるような感想やレビューをいただき、本当に励まされました。
読者様の声が私を支えてくださり、こうして書籍化していただくことができました。本当に感謝の気持ちでいっぱいです。ありがとうございます！

今回、この作品のイラストを担当してくださった龍本みお先生、本当に本当に引き受けてくださってありがとうございます！

龍本先生の漫画、持っていますし！　イラストを担当されている小説も持っていますし！　そんな龍本先生にカバーを描いていただけるなんて。私、幸せです！

そして担当様。私の担当様は、キュートで優しくて、メールが来るたびに嬉しい気持ちにさせてくれる素敵な方です。これからもよろしくお願いいたします……！

最後まで読んでくださって、ありがとうございました。

ではでは、またお会いできる日を楽しみにしています。

藍川《あいかわ》せりか

藍川せりか先生への
ファンレターのあて先

〒104-0031
東京都中央区京橋1-3-1
八重洲口大栄ビル7F
スターツ出版株式会社　書籍編集部　気付

藍川せりか先生

本書へのご意見をお聞かせください

お買い上げいただき、ありがとうございます。
今後の編集の参考にさせていただきますので、
アンケートにお答えいただければ幸いです。

下記URLまたはQRコードから
アンケートページへお入りください。
https://www.berrys-cafe.jp/static/etc/bb

ベリーズ文庫

秘密の出産が発覚したら、
クールな御曹司に赤ちゃんごと溺愛されています

2019年10月10日　初版第1刷発行

著　者　藍川せりか
©Serika Aikawa 2019

発行人　菊地修一

デザイン　hive & co.,ltd.

校　正　株式会社　文字工房燦光

編集協力　矢郷真裕子

編　集　三好技知（説話社）

発行所　スターツ出版株式会社
〒104-0031
東京都中央区京橋1-3-1　八重洲口大栄ビル7F
TEL　出版マーケティンググループ　03-6202-0386
（ご注文等に関するお問い合わせ）
URL　https://starts-pub.jp/

印刷所　大日本印刷株式会社

Printed in Japan

ISBN 978-4-8137-0770-7　C0193

ベリーズ文庫 2019年10月発売

『【甘すぎ危険】エリート外科医と極上ふたり暮らし』 日向野《ひなたの》ジュン・著

病院の受付で働く蘭子は、女性人気ナンバー1の外科医の愛川が苦手。ある日、蘭子の住むアパートが火事になり、病院の宿直室に忍び込むも、愛川に見つかってしまう。すると、偉い人に報告すると脅され、彼の家で同居することに!?　強引に始まったエリート外科医との同居生活は、予想外の甘さで…。

ISBN 978-4-8137-0767-7／定価：本体640円＋税

『イジワル副社長はウブな秘書を堪能したい』 滝井《たきい》みらん・著

OLの桃華は世界的に有名なファッションブランドで秘書として働いていた。ある日、新しい副社長が就任することになるも、やってきたのは超俺様なイケメンクォーター・瑠海。彼はからかうと、全力でかみついてくる桃華を気に入り、猛アプローチを開始。強引かつスマートに迫られた桃華は心を揺さぶられて…。

ISBN 978-4-8137-0768-4／定価：本体640円＋税

『お見合い求婚～次期社長の抑えきれない独占愛～』 伊月《いづき》ジュイ・著

セクハラに抗議し退職に追い込まれた澪。ある日転職先のイケメン営業部員・穂積に情熱的に口説かれ一夜を過ごす。が、彼は以前の会社の専務であり、財閥御曹司だった。自身の過去、身分の違いから澪は恋を諦め、親の勧める見合いの席に臨むが、そこに現れたのは穂積！　彼は再び情熱的に迫ってきて…!?

ISBN 978-4-8137-0769-1／定価：本体640円＋税

『秘密の出産が発覚したら、クールな御曹司に赤ちゃんごと溺愛されています』 藍川《あいかわ》せりか・著

大企業の御曹司・直樹とつき合っていた友里だが、彼の立場を思い、身を引いた矢先、妊娠が発覚！　直樹への愛を胸に、密かにひとりで産み育てていた。ある日、直樹と劇的に再会。彼も友里を想い続けていて「今も変わらず愛してる」と宣言！　空白の期間を埋めるよう、友里も娘も甘く溺愛する直樹の姿に、友里も愛情を抑えきれず…!?

ISBN 978-4-8137-0770-7／定価：本体630円＋税

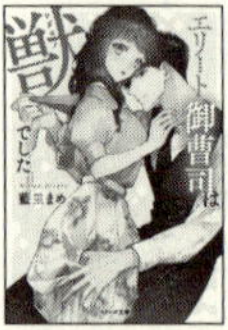

『エリート御曹司は獣でした』 藍里《あいさと》まめ・著

地味OLの奈々子は、ある日偶然会社の御曹司・久瀬がポン酢を食べると豹変し、エロスイッチが入ってしまうことを知る。そこで、色気ゼロ・男性経験ゼロの奈々子は自分なら特異体質を改善できると宣言!?　ふたりで秘密の特訓を始めるが、狼化した久瀬は、男の本能剥き出しで奈々子に迫ってきて…!?

ISBN 978-4-8137-0771-4／定価：本体630円＋税

タイトル、価格等は変更になることがございますのでご了承ください。

ベリーズ文庫　2019年10月発売

『しあわせ食堂の異世界ご飯5』　ぷにちゃん・著

給食事業も始まり、ますます賑やかな『しあわせ食堂』。人を雇ったり、給食メニューを考えたりと平和な毎日が続いていた。そんなある日、アリアのもとにお城からパーティーの招待が。ドレスを着るため、ダイエットをして臨んだアリアだが、当日恋人であるリベルトの婚約者として発表されたのは別人で…!?

ISBN 978-4-8137-0772-1／定価：本体620円＋税

『追放された悪役令嬢ですが、モフモフ付き!?スローライフはじめました』　友野紅子《とものこうこ》・著

OL愛莉は、大好きだった乙女ゲーム『桃色ワンダーランド』の中の悪役令嬢・アイリーンに転生する。シナリオ通り追放の憂き目にあうも、アイリーンは「ようやく自由を手に入れた!」と第二の人生を謳歌することを決意!　謎多きクラスメイト・カーゴの助けを借りながら、田舎町にカフェをオープンさせスローライフを満喫しようとするけれど…!?

ISBN 978-4-8137-0773-8／定価：本体640円＋税

ベリーズ文庫 2019年11月発売予定

Now Printing

『スパダリ上司とデロ甘同居してますが、この恋はニセモノなんです』 桃城猫緒《ももしろねこお》・著

広告会社でデザイナーとして働くぽっちゃり巨乳の梓希は、占い好きで騙されやすいタイプ。ある日、怪しい占い師から惚れ薬を購入するも、苦手な鬼主任・周防にうっかり飲ませてしまう。するとこれまで俺様だった彼が超過保護な溺甘上司に豹変してしまい…!?

ISBN 978-4-8137-0784-4／予価600円＋税

Now Printing

『あなどれない御曹司』 惣領莉沙《そうりょうりさ》・著

恋愛経験ゼロの社長令嬢・彩実は、ある日ホテル御曹司の諒太とお見合いをさせられることに。あまりにも威圧的な彼の態度に縁談を断ろうと思う彩実だったが、強引に結婚が決まってしまう。どこまでも冷たく、彩実を遠ざけようとする彼だったけど、あることをきっかけに態度が豹変し、甘く激しく迫ってきて…。

ISBN 978-4-8137-0785-1／予価600円＋税

Now Printing

『早熟夫婦～本日、極甘社長の妻となりました～』 葉月《はづき》りゅう・著

母を亡くし天涯孤独になった杏華。途方に暮れていると、昔なじみのイケメン社長・尚秋に「結婚しないか。俺がそばにいてやる」と突然プロポーズされ、新婚生活が始まる。尚秋は優しい兄のような存在から、独占欲強めな旦那様に豹変！　「お前があまりに可愛いから」と家でも会社でもたっぷり溺愛されて…！

ISBN 978-4-8137-0786-8／予価600円＋税

Now Printing

『お見合い婚～スイートバトルライフ』 白石《しらいし》さよ・著

家業を救うためホテルで働く乃梨子。ある日親からの圧でお見合いをすることになるが、現れたのは苦手な上司・鷹取で!?　男性経験ゼロの乃梨子は強がりで「結婚はビジネス」とクールに振舞うが、その言葉を逆手に取られてしまい、まさかの婚前同居がスタート!?　予想外の溺愛に、乃梨子は身も心も絆されていき…。

ISBN 978-4-8137-0787-5／予価600円＋税

Now Printing

『叶わない恋をしている～隠れ御曹司の結婚事情』 砂原雑音《すなはらのいず》・著

カタブツOLの歩実は、上司に無理やり営業部のエース・郁人とお見合いさせられ"契約結婚"することに。ところが一緒に暮らしてみると、お互いに干渉しない生活が意外と快適！　会社では冷徹なのに、家でふとした拍子にみせる郁人の優しさに、歩実はドキドキが止まらなくなり…!?

ISBN 978-4-8137-0788-2／予価600円＋税

タイトル、価格等は変更になることがございますのでご了承ください。